文春文庫

Go To マリコ

林 真理子

文藝春秋

目次

コロナ来襲!

取り越し苦労　12
今年こそ　18
人気の職業　23
いったいどこに?　28
不倫は大麻?　34
大陸的　39
国を越えて　44
文楽のあとで　49

本当にいるんだ　54
ややこしい　60
変わるものとは　65
今だからこそ　71
あの年のあの人　76
誕生日　81
緊急事態宣言の中　87

マスクの下の「顔」は

絞る時　94
食べることばっか　99

自粛長いですね　105
マスク運　110
名を名乗れ　115
ドラマ「女帝ユリコ」　120
今に私は　125
楽しいムダ　131
「風と共に去りぬ」のトゲ　136
新しい生活様式　141
人気者　146
WHOのワルグチ　152
プロとコロナ　157
コロナの分断　162
ワルグチの根元　167

帰省は楽しい　172
お盆はつらいよ　177

まるごとマリコ

待ってました　184
コロナに負けるな　189
松茸の集い　194
マリちゃん　199
わかりません　204
LINEはこわい　210

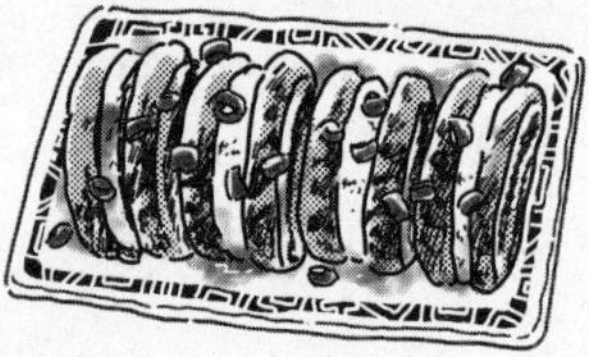

めでたくついに　216
仕事がない　222
トランプ的こころ　227
Go To 足湯　232
ユーはどうして　237
今回は困りました　242
必要な選択　247
めでたしの三日間　252
寛容って　257
浪花のドラマ　262
エンタメとは　267

番外編対談
「祝 ギネス記録！ 次は小説で世界進出を目指します」
阿川佐和子×林真理子 272

特別対談
「眞子さまの恋『皇室結婚史』から考える」
小田部雄次×林真理子 287

イラスト・mame

GoTo マリコ

コロナ来襲！

取り越し苦労

東京にもうすぐ直下型地震がやってくる。……そういう噂が流れている。

「そのためにNHKでは、シミュレーションドラマをつくり、ずうっと流してたんだ。国民に危機意識をうえつけるために」

まことしやかに言う人がいるが本当だろうか。

「とにかく十日間分の水は用意するように」

ということで、Amazonで大量に買った。それから簡易トイレやカセットコンロの燃料も。

「ハヤシさん、出来る限り地下鉄は乗らないようにね」

注意されたが、都会に住んでいて乗らないわけにはいかないでしょう。

今日、用事があって上野の芸大に行くことになった。上野までタクシーで行ったらかなりの金額になる。しかも私がその前にいたのは外苑前である。上野までは銀座線で一本ではないか。

「乗るべきか、乗らざるべきか、原宿まで出て山手線で行くべきだろうか」と悩んだが、結局地下鉄にした。こちらの方が空いていてラクチン……と思っていたが、平日の昼間なのにかなりの混みようである。中年サラリーマンの二人連れが、ちょっと大きな声で世間話をしている。もし閉じこめられたら、この人たちと一緒になるのか……。あんまり楽しくないかも。真暗闇の中にぎゅうぎゅう詰め。もしトイレに行きたくなったら、どうしたらいいんだろうか。隅の方でするしかないか、とあれこれ考えるとすっかり気分が暗くなってしまった。

しかし彼らは新橋で降り、その後はすぐに上野に到着。ほっとすべきなのであろうが、ここから長ーい通路が続く。工事の白い壁がどこまでも続いて、なかなか地上に出られないのだ。

目の前を、大きなリュックをしょった白人の二人連れが歩いている。もしここで地震がきたら……とまたあらたな想像が始まる。私の英語力でうまく誘導出来るであろうか。

実は今から七カ月前のこと、見知らぬ女性からぶ厚い手紙を受け取った。ファンレターかと封を切ってみると、

「ハヤシさん、こんにちは。ハヤシさんはよくエッセイで、英語のレッスンについて書いていますよね。何度も挫折していらっしゃるとか。英語は決してむずかしいものではありません。やり方さえわかれば、誰でもすぐに喋れます」

そして、

「これは最後のチャンスかもしれませんよ」

だと。この方は元外資系のCAで、今、企業の英語レッスンのインストラクターもしているという。丁寧なしっかりとした文章で、最後に携帯の番号が書かれていた。

「だけどべ○○ッツや△バ、いろんなところに行ったけど結局ダメだったしなあ。私って本当に語学が身につかないのかも」

といったんは諦めて、手紙をしまったのであるが、一カ月前、本の山から出てきたではないか。

これも運命かと思い、連絡をしてうちに来てもらうようになった。テキストは使わず、二人で軽い会話のラリーをする。

「ハヤシさん、もうこれ以上単語を覚えなくてもいいですよ」

結局はもう記憶出来ない、ということらしい。

「自分の持っている単語だけで、会話をすることを頑張りましょうね」

私は歩いていると、いろんなことを思い出す。そればかりか、その記憶がすぐに次の行動につながるのだ。

地上に出て、家電量販店の前を通った。そうすると「ポケトーク」が、店頭に飾られている。ふらふらと手にとって眺めた。

「これって英会話の勉強になるかも……」

私はつぶやいていたらしい。

「そうなんです」

傍に立っていた店員さんが頷いた。

「これは最新のタイプですよ。カメラ機能がついています。文字を撮影すると、ほら、翻訳されます」

すごい。ついレジに持っていってしまった。

早くポケトークを試したいところであるが、暮れの上野公園は大変な人だかりである。私としては、公園内のカフェで、ゆっくりしようと考えていたのであるが、席を待つ人たちが並んでいた。

「それではお昼にカレーでもさくっと食べよう」

文化会館の中のレストランに行ったら、ここにも行列が出来ていた。

仕方なく芸大に向かって歩く。すると向こうに人だかりが見えた。音楽も聞こえる。野外コンサートだろうと近づいていったら、食料をもらうホームレスの人たちの列であった。彼らを元気づけるために、ギターを弾いている人がいたのだ。

しかし大地震が起こったら、私たちもみんなホームレスになるはずである。そしてこんな風に並んで食べ物をもらうのだ。そう考えると、とても人ごととは思えない私である。

その後、

「今のうちに食べるものは食べておこう」

という考えがわき起こり、目の前のコーヒー店でサンドウイッチとコーヒーを注文する私。なかなか芸大にたどりつけない。

やがて待ち合わせをしていた人が来て、二人で芸大の教授のところへ。

古い建物も残っていて、芸大は本当にキャンパスが素敵。れんがの塀にイチョウの葉がぴったりだ。

「芸大っていいよねー。こんなところで学生生活おくるのって。勉強して行きたかったなぁ」

しかし考える。音楽も出来ないし、絵も描けない。工芸も出来ないぶきっちょな私はいったい何を勉強すればいいんだ。

「美術史ってあったっけ?」

が、興味を持っていたとは決していえない。

「じゃ、何を専攻すればいいの、私?」

思わず立ち止まる。わけのわからぬ心配ばかりしている私の上に、平和に冬の陽はふりそそいでいる。

地震も取り越し苦労でありますように。

今年こそ

前回新年はじめの原稿だというのに、少しネガティブなことを書き過ぎてしまったようだ。反省しよう。

遅くなりましたが、あけましておめでとうございます。

お正月に会う人、必ずこう尋ねる。

「お正月ぐらいゆっくりしたんでしょう」

ふだんなら「ええ、まあ」と答えるのであるが、今年は「とんでもない」と首を横に振る私。

「今年ぐらい忙しい正月はありませんでした」

そもそもこの二十年ぐらい、のんびりと年末年始をすごしたことはない。年末に直木賞の選考委員は、候補作を五冊から六冊渡される。小説の力が衰えた、といっても、芥川賞直木賞は国民的行事と私は思っているので、一冊たりともないがしろにはできない。エラそうに聞こえるかも知れないが、作家の創作人生がかかっていることだと考えるから、丁寧に読む。元旦にも読む。ホテルや旅館に籠《こ》もる選考委員もいるぐらいだ。

今年はそれに加えて、新しい連載小説ふたつの〆切りがあり、しかも読みきり短篇小説も新しい年に入ってすぐに渡す約束をしている。

ここまではまあ、ふだんの仕事の延長だ。しかし今年はとんでもないことが起こった。暮れに小包で四十枚以上のＤＶＤがどさっと届いたのだ。

「これはいったい何!?」

「ハヤシさんが見なきゃいけないドラマです」

あるアワードで審査を引き受けていたのだ。日頃からドラマが大好きな私。自分が見ていたものに加え、話題になったものをさくっと見ればいいと思ったら大間違い。なぜか私がよく見ていたドラマは、候補になっていないのだ。だから新しいものすべての回を見なくてはならない。しかもこういう力作はＮＨＫが多いので、ＣＭがないときている。

マジメな私は、早まわしなんか絶対にしない。覚悟を決めた。

「よし毎日七時間ずつ見ることにしよう」

まず朝起きたらドラマを見る。そして昼間は原稿を書いたり家事をする。夜になったら毎晩夕飯後から夜中の一時までドラマを見るようにした。

それにしてもさすがに昨年を代表するドラマばかり。ものすごく面白い。たちまちひき込まれる。

テレビの前にＤＶＤを積み上げ、次々と見ていくのは楽しかった。

しかし楽しくない人が一人いた。もちろん夫である。

「朝から晩までテレビ見て」

怒鳴る。

「あら、テレビ見るのがお正月じゃないですか」

「それにしても見過ぎだろう。朝も起きて来ないじゃないか」

「寝坊するのもお正月じゃないですか。それに寝坊っていっても、八時じゃないですか」

「そんなことはない。九時だ」

「それにテレビ見ていて、あなたに何か迷惑かけてますか。どうせ二階でパソコンやってるし関係ないじゃないですか」

理詰めで責めていくと、キレていくのがジイさんの習性。

「うるさい！　テレビの音がうるさいんだ。不愉快なんだ！」

とＤＶＤの山を叩き崩した。ＤＶＤによって、ＤＶ夫と化したのである。

ふつうならここで深刻なことになるのであるが、私は商売屋の子どもである。正月に喧嘩をすることは固くいましめられて育った。その日私はふつうに夕飯をつくり、ふつうに食べ、DVDは自分の仕事場で見るようにした。

お手伝いさんはずっと休みなので、仕事をしながらご飯をつくり、洗たくをした。全く今年の正月ぐらい働いたことはない。

ところで今年私は大きな目標をたてた。それは、

「出来るだけ外食をしない」

ということ。思うに私の肥満は、日本経済と深い関係を持っている。何度も書いているとおり、最近人気の店が、まるっきり予約がとれない。毎年忘年会で集まる和食屋さんがある。十二月の半ばに会を開き、翌年の皆の予定を合わせ、店の予約をするのがならわしである。ところが昨年の十一月、不安になった幹事が早めに予約をしようとしたところ、今年の十二月に一日も空いた日がないというのだ。念を押すと、二〇一九年の十一月に電話をかけ、二〇二〇年十二月の予約がとれなかったということ。

どうしてこんな異常なことが起きるのか。一部のお金持ちやIT関係者の方々が、人気店の席を年間で押さえてしまうから。そしてそういう友人から、私のスマホにお誘いがかかる。

「今月〇〇日、〇鮨あるよ。△△日、あの△△△にふた席」

どこも予約不可能の店ばかり。こうした友人が四、五人いるから、私のスケジュールはたちまち埋まってしまう。ワリカンのこともあるが、ご馳走していただく方が多い。

するとこちらもお返しに、自分が予約出来るお店を努力してとっていく。そんなことをしている間に、たっぷりとお肉がついていった二〇一九年。

「毎晩毎晩、外でメシを食っている」

と怒る夫の気持ちもわかるので、私はどんな暴言にも耐えているワケ。

今年は少しうちにいるようにしよう、と思っている最中、お誘いのＬＩＮＥが次々と入ってくる。

昨日はボランティア団体の理事会があった。ひととおり終わり、私はふとつぶやく。

「そろそろ、アレを食べなきゃ……」

「わかった。華都飯店《シャトー》の白菜鍋よね」

目の前のＡ子さんが言った。本当に私は驚く。

「どうして、そんなことわかるの！」

「わかるわよ。私とマリコさんは食べるもののテレパシーあるから」

私と同じく食いしん坊で、ぽっちゃりタイプの彼女。さっそく日程が決まった。こうして私の目標は早くも崩れつつある。

人気の職業

ＡＩがどうのこうの言う前に、仕事に対する価値観がまるで違ってきた。

まずは教師。昔は先生といえば、人々の尊敬の対象であった。子どもの方が、

「ちょっと、この先生ヘン……」

と感じたとしても、先生は絶対的な人とされていたから、親に言いつけてもとり合ってくれなかった。

「だけど、この頃の教師、がたんと質が落ちてませんか。ロリコンなんかが平気で先生になっていて、よくニュースになります」

教育関係者の方に聞いたところ、

「確実に質は落ちてますよ。なり手がいません。ひどいところでは、教員採用試験の倍率が二倍のところがあります」

と聞いたのが三年前、今はもっと低くなっているらしい。

学校の仕事がとにかく忙しいうえに、モンスター・ペアレントと言われる人たちが、

しょっちゅう何やかや言ってくる。これではとても教師は魅力ある仕事とはならないであろう。

昔、就職がまるで決まらなかった私は、いくつかの県の教員採用試験を受けたことがある。山梨はもちろん、千葉や埼玉にも出かけた。ちゃんと試験勉強もしたが、一次にも受からなかった。当時はすごい倍率だったからだ。

私は最近人気の、ＩＴ産業がまるでわからない。ああいうことが好きな若い人が就職するのかと思っていたら、

「この頃はうちに受かっても、楽天やグーグルに行きます」

と出版社の人に教えられて驚いた。私なんかだと、小説の本をつくるのは気が進まないが、雑誌の編集なんかは、楽しいやり甲斐のある仕事だと思うけどな。

するとその人は、

「そもそも出版自体、応募者が少なくなっているんですよ」

以前ほど給料がよくないうえに、本をつくるのがそれほどやり甲斐があるか、というのもあるかも。めんどうくさそうな作家という人種につき合い、そう売れもしない（私のことです）小説やエッセイ集を出すのは、確かにそう楽しくないかもしれない。そもそも本好きの学生が減っている。

この頃は外来種の植物がはびこっていくように、カタカナの会社が幅をきかせていく。

私らの時代は、コピーライターとかプロデューサー、ディレクター、デザイナー、プランナーなんてカタカナ職業が人気を集めたが、今はカタカナの会社。

今から十一年ぐらい前のこと、格差社会をテーマにした小説を連載していた。この頃は既に外資の金融会社、ゴールドなんたら、メリルなんとか、という会社がエリートの代名詞であった。ぜひ登場人物の一人に、こういう人を加えたい。が、知人に全く心あたりがなかった。

あちこちに聞くうち、ふと思いついた人がいた。仲のいい近所の奥さんのご主人が、確かカタカナの金融会社に勤めていたはず。

このご主人とは、道端で会えば挨拶する程度の仲であるが、とても穏やかで感じがよい。スーツもパリッとして高そうだ。

「おたくのご主人に取材させてくれない？」

と頼んだところ、

「あら、いいわよ。ついでに夫の同僚にも集まってもらったら？」

ということで、五人ほどの方にイタリアンレストランにおいでいただいた。全員が東大卒。そういう方たちが、どんなスマホを持ち、どんなところで飲んだりするか聞いていく。

そのご主人（五十代）によると、東大法学部を出て、外資に行く人は当時とても珍しかったそうだ。

「そんなわけのわからんところ行って」

と親に嘆かれたそうだが、いざ就職すると給与は日本企業とケタが違う。へんなしがらみもなくて働きやすい。

「お前も来いよ」

と東大構内でリクルートをしたそうである。そんな話も新鮮であるが、これには続きがあった。何カ月か後に、ちょっとした金融ショックが起こった。その影響で、その座談会に出てくれた男性五人のうち、二人が解雇されたというのである。

「東大の法学部出て失業なんて、外資はシビアですよね」

と奥さんはため息をついたものだ。

東大法学部といえば、ある識者が私に言った。

「今、東大出た人たちが官僚にならない。マスコミの官僚叩きがひどいから、みんな民間に行ってしまいます。ハヤシさん、いずれこのことは大問題になると思いますよ」

そういえば今年の年賀状に、こんなのが。

「昨年をもって○○省を退職し、○○○会社の顧問となります」

その話を聞いたせいか、うーん、なんか惜しいような気が。

ところで、私は大学生の頃、選挙のウグイス嬢のバイトをやったことがある。あれは楽しかったなあ。みんな親切にしてくれるし、事務所には食べものもいっぱい。

「お昼にみんなで何か食べなさい」

と五千円札をもらったこともある。が、これって、今のコンプライアンスからみればいろいろ問題があるんだろう。

河井案里さんという国会議員の方が、ウグイス嬢に法定額の倍の日当を渡して問題になっている。公職選挙法ではもちろん違反であろうが、これってそんなに悪いことなのか。新聞の一面や、七時のニュースのトップで言われるほどのことなのだろうか。

「よくやってくれてありがとう」

若い女性に多めに渡した。

「本当はご飯でもご馳走したいけど、そんな時間ないから、何か食べて帰ってね」

そんな気持ちからだったのではないか。その行為を極悪人のように言われる政治家って、本当に大変そう。

人妻を好きになり、あちらもこちらが好き。二人で密会した。そのことを書きたてられる政治家ってかわいそう。相手の女性たちは何ひとつ彼を批判していないのに。

政治家という職業の、これからの人気と偏差値はどうなっていくのかぜひ知りたいものだ。

いったいどこに？

きっかけは、昆布と餅であった。

暮れに釧路の親しい方から、最高級の利尻昆布をいただいた。ピカピカして真黒、その立派なことといったら、飾っておきたいぐらいだ。

「どうぞお雑煮にお使いください」

とＬＩＮＥが来た。

そうするうちに、後援会に入っているお相撲さんから、

「うちの部屋の餅搗《つ》き大会でつくったものです」

のし餅が届いた。

こんなすごいものが揃ったら、張り切るのはあたり前であろう。

さっそくスーパーに行き、いちばん高いカツオ節を買ってきた。昆布を水にひたし、沸騰少し前に取り出し、カツオ節を山のように入れる。こうして丁寧にひいた出汁に、里芋、大根、にんじん、ごぼう、トリ肉を入れる。わが家のお雑煮は、夫のルーツ熊本

風だ。

　最後によそって三つ葉を入れ、これもいただきものの柚子の皮をちらす。そしてお相撲さんのつくったお餅を入れると、そのおいしいことといったら。野菜のうまみと出汁が、ベストマッチング。

　夫なんかおかわりをするので、大きい鍋につくっても、正月三日でたいていなくなってしまうほどだ。

　一月十日過ぎても、あのお雑煮のおいしさが忘れられない。夜のうちにおつゆをつくって、朝は温めるだけにした。お餅は、これまたお歳暮で届いた、フリーズドライのものがある。

　熱い熱いお雑煮は、冬の朝に最適だ。ふーふーしながら、出汁のしみ込んだ大根や里芋を食べる。汁を飲む。体の奥からあったまる感じ。本当に幸せな気分になってくる。

　いつもなら朝は、糖質オフのシリアルに牛乳をかけて食べる。ちなみにこの糖質オフのシリアルは、通販で買ったもの。四箱とオーダーしたら、ダンボールが四箱届いてびっくりした。それはまあ仕方ないとして、シリアルの袋をよく見たら、

「糖質二十五パーセントカット！」

　と書いてある。えー、百パーセントではなかったんだ。よくよく表示を読むと、小袋五十グラムのうち、糖質は二十五グラムだと。これってひどいと思いません？

どうせ糖質を摂るのなら、お雑煮のお餅の方がずっといい。野菜もたっぷり食べることになるし、と、半月近く雑煮の朝食を続けていた私。すると、お腹のへんにもっさり肉がついてきたのがわかる。人にも、

「ハヤシさん、この頃太ったわね」

と言われてイヤな感じ。

実は昨年の末、お鮨《すし》をたて続けに食べたら体重が危険水域に入った。これではまずいと糖質を制限したのであるが、三日やって減ったのは五百グラム、そして次の日に食べると三百グラム戻っている。

私は三百、五百の数字に、一喜一憂する人生がつくづくイヤになってしまった。そんなわけでヘルスメーターにのるのを放棄してしまったのだ。

実はまだのっていない。

痩せたらのろうと考えていたのであるが、この雑煮の朝食のせいで、ヘルスメーターは遠ざかるばかりである。

おととい、朝のワイドショーを見ていたら、若い女性で生理がこない人が増えているという。無理なダイエットが原因だ。

これは別の本で読んだのであるが、今日本の若い女性の栄養状態は、戦後の食糧難の時よりも低いというから驚きだ。

大学生のうちの娘も、サラダばっかり食べている。

「これは問題ですよねー」

とコメンテーターたちが眉をひそめる。そうしたら、近藤春菜ちゃんが、

「体を壊すようなダイエット、どうなんですかねー」

と発言し、ＭＣの水卜麻美《みうらあさみ》アナウンサーも、

「無理しないダイエットが、やっぱりキレイに痩せます」

ときっぱり。

しかしなあ、と私はつぶやく。

「春菜ちゃんは大好きなタレントさんだけど、太ってることをネタにして、よく男の芸人からいじられたりしているよなー。ああいうのって、見ている女の人にかなり影響与えてるんじゃないかなあ……」

そうしているうちに、すぐ次の話題に。「美魔女の美容術」というもので、美魔女コンテストで優勝した女性が登場。

この人が痩せてる、なんてもんじゃない。

今、話題のユッキーナを、さらにスリムにした感じ。拒食症すれすれぐらいの体型だ。しかしものすごいお金持ちの奥さんで、11ＬＤＫという豪邸に住んでいる。そして水とハチミツにこだわっているんだそうだ。

五分前に、

「無理なダイエットやめましょう」

と言った舌の根も乾かぬというのに、こんなに痩せた女の人出して、ワイドショーの定見のないことといったら。これでは、

「デブはモテない」

「ガリガリは、金持ちの奥さんになれる」

という図式を表示したようなものではないか。

終わり頃に、旦那さんが出てきた。この方は奥さんのお腹をつまんで、

「この頃、お肉がついたんじゃないの」

とチェックするそうだ。びっくりした。この人のいったいどこに肉がついているというんだ！　私なんかどうなる？

このあいだユニクロで、黒いストレッチパンツを買った。試着をせずにXLにした。いくら何でも、XLならラクラク入ると思ったのだ。そうしたらどうだろう、ファスナーをあげようとしても、お腹の肉のカタマリで「フタが出来ない」状態。

「もうユニクロのXLパンツがはけない、っていうことは、国民的肥満基準からはずれたっていうことだよねー」

とがっくりしていたら、うちのぽっちゃりとしたお手伝いさんが、

「奥さん、オンラインストアのユニクロは、３ＸＬが売ってるよ。ネットで買えばいいよー」

と慰めてくれた、しかし……。

不倫は大麻？

私は大きな声で言いたい。

いったいいつから、こんな不寛容な世の中になってしまったんだ。どうして他人を、こんな風に徹底的にうちのめすことが出来るんだ？

俳優の東出昌大《ひがしでまさひろ》さんとその相手の女優さんを、みんながボコボコにしている。

東出さんは確かに悪い。奥さんが妊娠中に浮気をするなんてサイテーだ。相手の若い女優さんも、よくない。不倫をしたらしたでルールというものがあるが、こんなことをしちゃいけないでしょう。

などということを、ちょっと前まではおばさんたちは昼下がり、どこかの家の茶の間で話し、若い女の子たちはスタバかなんかで、

「東出みたいなのよくないよねー、杏《あん》ちゃんかわいそう」

と噂し、男の人たちは居酒屋で、

「やっぱり不倫するとおっかないことになるよなー」

と喋り合う。

それが今ではネットでまず悪口を書き、その勢いでスポンサーやテレビ局に抗議の電話、あるいはメールをする。

「あの俳優をすぐさま降ろせ」

それにすぐ怯える、根性なしの企業やテレビ局。

ＣＭは仕方ないかもと大目に見よう。とんでもない大金を払って、そのタレントさんをイメージごと買うわけだから。しかしドラマというのは、その俳優さんの演技という虚構を求めているわけでしょ。

「今後の出演を検討」

なんて情けないことを言わないでほしい。

今や不倫は大麻と同じなのか。これだけ社会的制裁をうけなければいけないものなのか。

このあいだ友だちのうちのワイン会に、美しい女優さんがやってきた。ご主人とお子さんがいる。彼女いわく、

「ドラマや映画を撮ってる最中は、疑似恋愛するのはあたり前じゃないですか、だって相手を好きじゃなきゃ、キスシーンなんてちゃんと出来ないもの」

しかし収録が終わると、絶対にその感情をひきずらないように努力しているそうだ。

芸能界というところは、信じられないような魅力的な美女やイケメンが、ひしめいているところ。そこで何か起こっても不思議ではない。が、みんな上手にうまく隠したり、事務所の力でマスコミに出るのを止めたりしていると、テレビ関係者は言う。

そんな世界の色ごとに、我々庶民があぁだ、こうだと口出しするのは、もちろん許されることである。なぜならば、芸能人の噂や評定をあれこれするのは、我々にとって大きな娯楽であるからだ。そう、娯楽。悪口言ったり非難をさんざんしても、それはうちの中でだけのことであった。今はその悪意が街に飛び出す、そして大きなカタマリとなって社会現象となっていく。これって、とてもイヤな感じである。

みんな杏ちゃんを可哀想だというけれど、こんな風に寄ってたかって、あの家庭を壊すつもりなのだろうか。もしかすると、修復を本当に考えていたかもしれないのに。

さて私は、自分でも保守的な方だと思う。右の方には行っていないけれども、革新的なあれこれには疑問を持つ方である。だから昔は夫婦別姓に賛成出来なかった。ひと頃、フェミニスト系の女性たちが、

「旧姓は私のアイデンティティ。私のすべてである、それを奪うというのか」

とヒステリックに叫ぶのも違和感があった。しかし月日は流れ、女性の生きる環境もこれだけ変わってくれば、

「夫婦別姓は当然だろう」

という気持ちに変わってくる。選択制なのだから、イヤな人はそのまま同姓にすればいい。これによって結婚する人が増えるとは思っていないけれど、まあ働く女性が便利な世の中になるのはいいことだ。

国民民主党の玉木雄一郎代表が、国会で、二十代の男性から相談を受けたとし、

「交際中の女性から姓を変えないといけないから結婚出来ないと言われたそうだ」

と発言した。この時私はとっさに、

「ホンマかいな？」

と思った。本当にその男が好きだったら、そんな理由でプロポーズを断わらないだろう。単にその男が嫌いだったんじゃないの？　その時、

「だったら結婚しなくていい」

というヤジがとんだという。私は快哉《かいさい》を叫んだわけではないが、そうツッコミたくなる気持ちもわかった。そうしたらそのヤジの発言者である自民党の女性議員を野党が追及し、すごいことになっている。野党の女性議員たちが発言者の特定と発言の撤回を促すよう申し入れて、

「時代に逆行したこうした暴言は許さない」

みたいな内容があった。

これはあきらかにおかしい。なぜならば、アンケートで、夫婦別姓賛成六十九パーセ

ントに対し、反対は二十四パーセントいる（朝日新聞世論調査二〇二〇年）。これは朝日新聞調査だから、産経新聞なんかがするともっと反対の率は大きいはず。

何を言いたいかというと、まだ世の中の四分の一は、夫婦別姓に反対しているわけだ。ヤジった女性議員は確かに品位がない。しかも逃げまわって、エア携帯しているのが情けない。

私ならはっきりと記者会見をする。

たとえ自分たちにとって間違っていると思う意見であっても、それを支持する人はいるのだ。時間をかけて議論していくしかないのだ。

「時代に逆行」

なんて乱暴な言葉は使うべきではないと思う。自分と異なる意見は時代遅れというのは傲慢である。

夫婦別姓はあと三年か四年で実現するに違いない。しかし時代はますます窮屈な方向に向かうだろうと私は断言する。

「エ・アロール（それが何か）？」という言葉が流行したのは、はるか昔のような気がする。

みんなどうして、他人のことにいきり立つのか。いろんな人がいて、いろんなことをしている、という考えにいきつかないのか。

大陸的

この大雑把な私が、帰ってくるとまず手洗い、うがいをするようになった。それもかなり神経質に。

テレビでも専門家たちが口を揃えて言う。新型コロナウイルスには、まずは手洗い。とにかく丁寧にじっくりと洗いなさいと。日に何度も石鹸を使うので、おかげで手が荒れてしまった。肌がガサガサしている。ゆえに保湿クリームでマッサージ。

実は私はかなりのマッサージ好き。日に何度も何度も掌をもんでいる。特に親指の真下を強くプッシュすると、何ともいえず気持ちいい。それから腕の方にいき、肘の方まで力を入れていく。

ずっと手書きの私は、一時期腱鞘炎《けんしょうえん》になりかけた。その最中、たまたまテレビで「あいつ今何してる？」を見ていたところ、森昌子さんの中学校時代の同級生が、この分野の名医になっているというではないか。世界的なピアニストや、工芸家が通っているという。しかもそのクリニックは、私がよく行くホテルの中にある。なんとかコネがないものだろうかとこのページに書いたところ、知り合いからすぐに連絡があった。それが三年前のこと。幸い大事には至らず今日まで来ているが、手を労《いたわ》る習慣はずっと続いている。

私は自分がイチローさんになったつもりで、毎日手をマッサージしている。

「今日も頑張っておくれ」

とつぶやきながら……。

話がまわり道してしまった。

とにかく中国本土が大変なことになっているので、当分は渡航を見送ることになるだろう。実は私の小説の中国語訳を今年も何冊か出すことになり、プロモーションのためにいくつかの地方都市をまわるはずであったのに、非常に残念だ。

中国という国はあまりにも短期間で近代化したため、時々綻《ほころ》びが出るような気がする。前のSARSの時もそう思った。

私が初めて中国を訪れたのは、今から四十年前のこと。旅行が自由化されておらず、本屋の店員という名目で、出版社の訪中団にまぎれ込んだのである。

とにかく人が多いことに驚いた。北京も上海も、人民服を着た人々がぎっしりと歩いている。それからトイレの汚さにも衝撃を受けた。単に穴が開いているまわりに、汚物がいっぱいこびりついていたっけ。

それから何回となく中国へは行ったが、あれよあれよ、という間にビルが建ち並び、全く違う国になっていくさまは、まるでSF映画のよう。私が「なんと美しいところだろう」と感動した、北京王府井《ワンフーチン》の商店街も、杭州の柳並木もまるで違う風景だ。が、トイレに対する配慮のなさはまだ残っていて、近代的なピカピカのビルの中でも、トイレは掃除がいきとどいてないこともある。

テレビで専門家も、

「中国の人は、トイレに行っても手を洗いませんよ」

と証言していた。衛生観念があまりない。だからこれほどコロナウイルスが蔓延《まんえん》したのだ。医療制度も整い、清潔好きな日本では、中国のようなことは起こらないのではないかと話は結ばれた。

そこでまた思い出すことがあった。七〇年代から八〇年代にかけてと記憶する、日本人の「中国大好き病」だ。

ある人がエッセイに書いていた。もう古いことなので正確ではないが、こんな内容であった。

中国の空港で飛行機の出発が遅れる。すると日本人の乗客は、みんなニコニコしながら大陸的でいいですなーと言う。旅行中、家の前でお爺さんが居眠りをしている。するとこれも、大陸的ですなーとみんな喜ぶ。本当に日本人は中国が大好き、というような内容だったと思う。

が、これは昔の話。中国はあっという間に日本を追い越し、今は世界で二番めのお金持ちである。もう日本人は、それほど中国が好きではないかも。以前のように、

「大陸的ですなー」

なんてニコニコしていない。

だからといって、中国を嫌っているわけではない。なんといっても大切な隣人である。たいていの日本人は、中国人の観光客を歓迎し、これからもずっと来て欲しいと願っている。

昔ほど「大好き」というわけではないが、これからも仲よくつき合っていこうと考えているはずだ。

先日、銀座六丁目あたりを歩いていたら、中国人の観光客が数えるほどになっているので驚いた。向こう側に目をやると、旗を持ったツアコンの後ろに、マスクをした団体が歩いているではないか。

マスクといえば、大事に使っていたのに、ついにあと五枚を残すだけになった。非常に残念である。私の場合、マスクは単にウイルスを予防するだけではない。〝顔隠し〟という便利な使い方があるのである。

エステやジムの行き帰り、私は化粧をしない。が、いくら何でもスッピンで電車に乗

ることははばかられる。こういう時、マスクがあるとすべてオッケーだ。ボサボサの髪の時でも大丈夫。

といっても、先日もエステ帰りにマスクをして銀座を歩いていて、知人に発見されるととても恥ずかしかった。

私なんかよりも、マスクを愛用している人たちがいる。美しい女優さんがマスクをしてやってきた。

「ここ遠いから、うちから電車に乗ってきました。マスクをしてるから誰も気づかないし」

「フン、芸能人ってみんなそういうけど、気づかれてるよ」

と毒づく私。

「あなたのようなプロポーション、着こなし、美人オーラ、ふつうの人とまるで違うもの」

ところで中国は、マスク不足のため、オレンジを半分にして皮を口にかけてる人や、ブラジャーを改良している人がいた。失礼ながらつい笑ってしまう。こういうの大陸的、と言ってはいけないですかねー。

国を越えて

コロナウイルスの感染者が、どんどん増えている。特に船の中はすごい勢いだ。

「あれでクルージング、行く人が減るんじゃないか」

と心配している人は多い。実は私も、三月に瀬戸内海へ短い船旅をすることになっているのであるが大丈夫であろうか。

クルージングをしたことがある人ならわかると思うが、よほどのスイートルームでもない限り、船室というのはとても狭く出来ている。その替わり、共有スペースは広く豪華。シアターやプール、カジノと楽しめるように至れりつくせりになっているのだ。

しかしダイヤモンド・プリンセス号はコロナウイルスの蔓延によって、共有スペースに出るのは禁じられているとか。高齢者は下船が認められたが、その他の人々は、どれほどストレスがつのることであろうか。

私は昔の映画を思い出した。ナチスの手から逃れようとする人々を乗せた客船が、どこの港でも上陸を断わられ、空しくさまよう話である。

降りることが出来ない船旅というのは、どれほどつらいことか。帰る港、戻る家があってこその楽しい旅なのだ。どうか一刻も早く皆さんが下船出来ますように。

そしてこのニュースが毎日流れている巷《ちまた》では、マスク不足がますますひどいことになっている。

もしかしたら、とＡｍａｚｏｎで調べてみたら出品に四千円とか五千円の値段が並んでいる。ふだんとはひとケタ違う。こんなアコギなことを許すなんて、Ａｍａｚｏｎの運営どうなってるんだ。

中で比較的安い、五枚入り千円というのが一個残っていたのでさっそく注文、そうしたら本屋さんの包みで届いた。ふーむ、いくら本が売れないからといって、マスクで稼ごうだなんて。同じ業界だからちょっと悲しいかも。

それにしてもマスクがない。毎日一枚は使うから本当に困る。

スーパーに行こうとしたら夫から頼まれた。

「ついでにドラッグストアに寄って、シャンプー買ってきて」

ふん、もう洗う髪なんてないじゃん、とこっそり毒づきながらドラッグストアに行ったら、ちょうどマスクが入荷したところであった。夫にやさしくしたおかげで買えた。

「お一人さま一個」

と言われたので、ワンパック三枚入りを九枚入りにとり替えるいじましさ。が、政府がマスクの大量生産を企業に要請したとか。よかった。

トイレットペーパー不足や、米不足など、いろいろなパニックを体験しているが、必要なものはすぐに出まわるようになる。それがわかっているのに、すぐ売り場を探してしまう自分がイヤ。さすがに買い占めたりはしないが、いつもキョロキョロ探している。見つけたりすると本当に嬉しい。マスクの場合は、ほんの少しゲーム感覚もあるかも。

さて二月十日は、ずーっとWOWOWでアカデミー賞授賞式を見ていた。「パラサイト 半地下の家族」が賞を総なめして本当に嬉しかった。

ちょっと自慢であるが、この映画は公開二日めに見た。面白くてちょっとびっくりした。

韓国の半地下に住む貧しい一家が、お金持ちの一家にとりついていく話である。アカデミー賞授賞式の次の日、朝日新聞などは、

「韓国社会の格差を描いたのが高く評価」

と、格差をことさら強調していたが、私は少々違うと思う。格差とか、例えば環境汚染とか、教育といったナマモノを、クリエイターはどう料理するかが問われる。ナマモノをそのままどんと提示するのは、ドキュメンタリーに任せておけばいい、と考えているはずだ。

「パラサイト」は、このナマモノを、うまく料理している。決してどかーんとそのまま

出したりしない。「ネタバレ」になると困るので詳しいことは言えないが、パラサイト一家が、夜中に楽しい宴会をしている。すると突然インターフォンが鳴る。

極東の凡庸な作家（私のこと）は、

「ああ、出かけていた金持ち家族が急に帰ってきたんだ」

としか考えられない。しかしここから奇想天外な話となっていくのだ。

この貧しい家の娘を演じる女優さんがとても素敵。涼しげな一重のアジア顔である。金持ちの家の美人の奥さんや娘とは対照的だ。

友人が言う。

「顔でも格差を表してるよね。貧乏なうちのコは、整形出来ないから一重なんだよ」

しかしアカデミー賞の授賞式を見ていると、あのさえないお父さん役のソン・ガンホさんはタキシードを着てとてもカッコいい。貧乏なうちの娘も着飾って、ひときわ目立つアジアン・ビューティー。本当に俳優さんというのはすごい。ハリウッドスターたちもそうだが、絢爛《けんらん》たる美男美女たちが、ひとたび役に入ると、すぐに、ババっちいおじさんやおばさんになるのだから。

そしてこの「パラサイト」が高い評価を得たとたん、予想された、

「それにひきかえ日本の映画は――」

という大合唱。確かに漫画原作の若いアイドル主演の映画は量産されているが、それ

は需要があるからこそ。ちょうど発表となった日本アカデミー賞のノミネート作品を悪く言う必要はないはず。韓国映画をそんなに見ているわけではないが、つまらないのもかなりあるはず。

我らの是枝裕和《これえだひろかず》監督の「万引き家族」を思い出してほしい。是枝さんとポン・ジュノ監督とはとても仲よしみたいだ。二人で仲よくテレビで語っていた。あれを見ていると映画人っていいなあと思う。国を越えていくものは、ウイルスだけじゃないんだから。

文楽のあとで

それは昨年の、芥川・直木賞贈呈式でのことであった。

直木賞は大島真寿美さんの「渦《うず》　妹背山婦女庭訓《いもせやまおんなていきん》　魂結び《たまむすび》」である。江戸時代の浄瑠璃《じょうるり》作者を描いたものだ。

大島さんはこの小説をお書きになるために、義太夫《ぎだゆう》教室に通われたとか。

「文楽ほど面白いものはありません」

とおっしゃっているのを何かの記事で読んだ憶《おぼ》えがあるが、一度も経験したことのない私は、ふうーん、そんなものかと思っただけ。

贈呈式では、選考委員を代表して、宮部みゆきさんがステージに立った。

「今日はステキなゲストが来てくださってますよ」

文楽の方々が、妹背山のヒロインである人形を連れてきてくれたという。

「お三輪《みわ》ちゃんが来てくれて、そこのステージの横にいらっしゃいます」

小さなどよめきが起こった。式が終わった後、さっそく私も見に行く。

可愛らしい町娘の人形が、そこにいるではないか。思いの外大きい。

「触ってもいいですよ」

とお三輪ちゃんを連れてきた、文楽関係の方が持ち上げてくださった。

「ではさっそく」

動かしてみる。有吉佐和子さんの小説「一の糸」を思い出した。文楽の三味線ひきに嫁いだ女性を描いたものだ。

「確か泣く動作がいちばんむずかしいんだわ……」

とか言って、右手をつかって、お三輪ちゃんをよよと泣かせてみようとした。が、当然のことながらまるでうまくいかない。

そこに、宮部みゆきさん、桐野夏生さんがやってきた。

「私たちにもやらせて」

なにしろ作家というのは、好奇心が服を着て歩いている人種だ。三人ともしばらく夢中で動かした。

そのうち、

「私たち、一度も文楽って見たことがない」

という考えにいきついたのだ。

「それならば、ぜひいらしてください」

と関係者の方々もおっしゃってくれて、さっそく三人で見に行こう、ということになったのである。

が、忙しい三人である。どうしても日にちが合わず、こうして半年後の鑑賞となった。チケットの手配は、その場にいあわせた「オール讀物」の編集長がしてくれることになり有難い。

そして昨日隼町の国立劇場の小劇場へと向かった。意外に、と言っては失礼であるが、劇場は満席である。なんでも義太夫の太夫が、大きな名跡を継ぐ公演であったらしい。

座ってあたりを見わたす。客層は中年の方が多いが、そう年配ではない。お能のエスタブリッシュでおハイソな感じとも、歌舞伎の観客のにぎやかさとも違う。マニアックな雰囲気が漂っている。

やがて幕が開いて黒衣《くろご》が出てきたが、歌舞伎と違って、彼は口上を述べる。

「とざい、とうざーい」

と声をあげて去る。

初めての文楽は「新版歌祭文《しんぱんうたざいもん》」と「傾城反魂香《けいせいはんごんこう》」である。「新版歌祭文」は、歌舞伎の「野崎村」と一緒だし、「傾城反魂香」は、歌舞伎の人気演目。これならば何とかなる、と思ったのであるが、なにしろ初心者、文楽の見方がまるでわからないのである。

両側に字幕が出ていて、それをじっと見て、義太夫を聞いていると、次第に眠くなってくるではないか。途中から人形に集中することにしたら、俄然面白くなった。村娘おみつちゃんの、やきもちをやくしぐさが非常に可愛らしい。又平《またへい》の狂喜乱舞する姿はマリオネットみたいで、会場からも笑いが漏れた。

「文楽って、笑っていいんだねー」

と私たちは顔を見合わせたのである。

その後はホテルのコーヒーハウスで、ワインを飲みながら文楽談議。

「こんなに面白いとは思わなかったわ」

と桐野さんが言えば、

「村娘って、やっぱり町から来た綺麗なお嬢さんには負けるのね。おみつちゃん、可哀想」

と宮部さんが作家らしい意見を口にする。

だらだらとお酒を飲みながら、あれこれ話をして、本当に楽しい宵《よい》であった。

このところ、私たちの業界は悲しいことばかりが続いている。

博覧強記で、何でも知っていた、どの時代のことを尋ねても考え方が鋭くて、お話が本当に面白かった坪内祐三さんが、一月十三日にあっけなく亡くなったのだ。

そして一月三十日、仲よくさせていただいていた藤田宜永《よしなが》さんが、闘病の末に亡くなった。昨年末に手紙をもらい、

「島清《しませ》恋愛文学賞の選考会には、出来るだけ行くようにするから」

とおっしゃっていたので、本当にショックだった。同じぐらいの年代の仲間が、こんな風に早くあっち側に行くとは、思ってもみなかったのだ。悲しくてたまらない。

唯一、ホッとしたことは、直木賞選考会の六日後に倒れられた伊集院静さんが、順調に回復してらっしゃると聞いたこと。

このあいだ、名古屋の高級クラブ「なつめ」にいたら、名古屋財界の大物たちが、わらわらと私の近くに寄ってきた。みなさん、

「伊集院さんの具合どうなの？」

と私にお聞きになる。

「はい、ご心配をおかけいたしましたが、今は順調に回復しております」

奥さんの篠ひろ子さんになったような気分でお答えした。

「近いうちに、仕事も再開出来ると思いますので、どうかご安心ください」

「そりゃ、よかった。ほら、僕は彼のファンですからね」

「はい、ありがとうございます。本人にも伝えておきますので」

やはり業界のスターは、元気でいてくれなくては。伊集院さん、早く人生相談、再開してくださいね。

本当にいるんだ

コロナウイルスが大変なことになっている。

イベントの自粛要請により、私たち「3・11塾（3・11震災孤児遺児文化・スポーツ支援機構）」が毎年主催している、サントリーホールでのコンサートも中止となった。

文学賞の授賞式も、チケットをとっていたお芝居も延期。三月に予定していた講演会も秋になって、私はちょっと残念だ。今年初めての講演会で、そこの地方の読者の方から、

「マリコさんと会えるの、本当に楽しみです」

と手紙をもらったばかりだったのである。

地方といえば、このページで、

「マスクがなくて本当に困っている」

と書いたら、知人から五十枚入りの箱をいただいた。本当にありがとうございます。まだ地方では手に入るそうだ。

うちの近所の薬局では、マスクを求めて早朝から行列が出来ている。アベさんが約束した「大量生産」はまだ市中にまわってこない。

歩いていたら、近所のお年寄りと会った。

「コロナ、怖いですねー。まだ寒いし」

と時候の挨拶があった後、

「マスクが手に入らなくて困ります」

老婦人の顔がくもった。

「うちに少しあるけど、それは電車に乗る時だけにして、ふだんはマスクつけてません」

胸が痛んだ。レベルはまるで違うが、このモノ不足は戦時中を連想してしまう。

「お腹空かせて、子どもが泣いてる」

「布がなくて、おむつがつくれない」

「年寄りに甘いものを食べさせたい」

私が知っている小説や映画だと、自分は我慢して、とっておきのものを差し出す人がいる。

それどころか現実に崇高な自己犠牲に立った人も。昭和二十九年洞爺丸沈没の時、自分の救命胴衣を青年に差し出した宣教師さんもいたっけ……そうした美談が頭の中でいくつも浮かび上がる。

それにひきかえ、自分はたかだかマスクを渡せないのか。今すぐうちにとってかえし、マスクの大箱をプレゼント出来ないのか……。

結局そのままになってしまい、今も悔いている。私は自分さえよければ、と考えている人間ではないのだ……。

困難の時、人はよーく本性が現れる、とつくづく思う。

しかしなあ、マスコミもいけない。人々を煽《あお》るような記事が多過ぎやしないか。

「新型肺炎感染者は〈国内〉100万人に。政府の無策で爆増中！」というのは、発売中の女性週刊誌の見出し。テレビでも、やたら脅しまくっている。

そんな中、今朝ワイドショーで、専門家が、「若くて健康な人なら、何も怖がることはないんですよ」と断言し、古市憲寿君《ふるいちのりとし》もほっとした表情。高齢者には充分な治療が必要であるが、昔の黒死病《ペスト》ではない。罹《かか》ったら即死ぬ、みたいなイメージはやめるべきではなかろうか。

とはいうものの、私の知り合いがコロナに感染したら、やはりびっくりするかも。

「本当にそういう人いるんだ」と。

同じ言葉を最近発したことがある。とあるヘアエステに行った時のこと、そこのエステティシャンというか、美容師さんと他愛ない世間話をしていた。

「私、五島列島の出身なんですよ」

と彼女。三十歳だと。

「高校まであちらで育ちました」

「だったら、隠れキリシタンの末裔《まつえい》だったりして……」

何気なく言ったら、鏡の中の彼女の目が丸くなる。

「どうしてわかるんですか。私、赤ん坊の時に洗礼受けてます。先祖もずーっとクリスチャンです」

「本当にいるんだ……」

今度は私がまじまじと見つめる番。

「まわりにクリスチャン、多いの？」

「そうですね。私の住んでいた村は、近所にクリスチャンの方が多かったですね」

「お祖父さんやお祖母さんから、何か聞いてる？」

「私が子どもの頃に死んだので、これといって……」

「それなら、帚木蓬生《ははきぎほうせい》さんの『守教』っていう本を読んだ方がいいよ」

伝来から、江戸時代の弾圧をずうっと耐え、明治まで信仰を守り抜いた人々を描く、感動的な大作である。

「ご両親にも勧めてあげて」

とか何とか、上から目線であれこれ言い、半年間もそのサロンに行かなかった。先月久しぶりに予約のLINEを入れたら、彼女から、

「お越しくださり嬉しいです。あの本についてもいろいろお話ししたいです」

ちゃんと読んでくれていたんだ。

「ハヤシさん、まず一行めからわからない漢字が出てきて、辞書をひきひき調べました。だからまだ上巻しか読んでないんですけど、衝撃的なことが書かれていてとても面白かったです。読み終えたら、父にあげようと思ってます」

あまり本を読み慣れていない人にとって、上下二巻はかなり大変だったかもしれない。歴史もある程度わかっていないと、登場人物の理解もむずかしい。それでも辞書をひき、私が勧めた本を読んでくれた彼女の気持ちに感動した。

ディズニーランドも閉まり、お芝居も軒なみ休演となり、コンサートも、Jリーグも延期ということになったら、本屋さんに行ってほしいなあ。マスクをかけて、本棚に向かう。そして本と向かい合う。いちばん安心で安全な楽しみ方である。

などとこの原稿を書いていたら、ハタケヤマがドアから顔をのぞかせる。

「ハヤシさんが対談するはずだった来週のイベント、延期になったって、今、電話がありました」

「だったらヒマな日がいっぱい出来るじゃん」

私はあたりを見渡す。

「少し片づけでもしようかな」

「片づけなんかより、原稿、原稿ですよ」

騒いだり怯えるよりも、まず静かに耐える。晴れやかな春はきっと来ると信じたい。

ややこしい

先週、

「近所のお年寄りに、マスクをあげなかった自分がすごくイヤ」

と書いた。

ずっとそのことを考えていたといっても過言ではない。そうしたら、夫が五十枚入りの箱を買ってきたではないか。

「家電量販店に行ったら行列出来てた。終わりの方に並んだら買えた」

「じゃ、これ、ご近所の〇〇さんに差し上げてもいいかしら」

もちろんだよ、ということでさっそく持っていった。するとご主人が出てきて、

「不要不急の老人だから、出来るだけ外出は控えてました。でも本当に嬉しい」

と本当に喜んでくださり、帰り道ずっと見送ってくださった。

「いいことしちゃった」

とハタケヤマに話したら、

「ハヤシさん、私のことも考えてくださいよ！」

と怒られた。

「私は毎日、満員電車に乗ってここに来るんですよ」

「だったら、うちに置いてあるマスク、好きなように持っていきなさいよ」

手に入れたものや、地方の方が送ってくださったものが少し積んである。家中からかき集めたものも。

だらしない私の性格が幸いして、毎年買っていたマスクが、使い切れないまま袋ごとあちこちにあったのだ。

「別にもらおうとは思いません。お金出してちゃんと買いますから」

いつまでもブツブツ言っている。家にあるマスクがあと少しだというのだ。温厚な彼女にしては珍しい。マスクの不足が、ここまで人の心を苛立《いらだ》たせるのか。

「そうなんですよ。わかります」

というのは、私のジムのパーソナルトレーナーA子さん。つい先日、電車の中で、マスクしないで咳をしている女性を見たということだ。

「あきらかに、むせている咳でした。緊張してとまらない。それなのにまわりの人が、いっせいに彼女を睨みつけたんですよ。可哀想に、きっとマスクを買えなかったんです」

ひとり置いたところに座っていたA子さんは、バッグの中からマスクを差し出した。

「これをお使いください」

彼女はびっくりして、

「買わせてください」

と言ったという。

「いいえ、予備でいつも持っているものですから、どうぞ遠慮しないで」

と言ったら涙ぐんだというのだ。ちょっと心温まる話である。

「私はこういう時こそ、外食するようにしています」

と友人からのLINEが。

「近所の小さな飲食店は、コロナ騒ぎでキャンセル続出。みんなとても困ってます」

「私ももちろんそうしてるよ」

と返事をした。

「こうなったら、がんがん食べて飲んでお金を使いましょう！」

えーと、狭いところの飲食も、感染を広げるとして出来るだけ行くな、と言われているんだっけ。でもそんなことをしていたら、どこもかしこもみんな倒産してしまうはず。

今朝、うちの近所の、ヘアサロンというより美容院に行った。四十代のオーナーがひとりでやっているところ。朝の八時半から営業しているので、出かける前にブロウしてもらうことが出来る。彼がため息をついていた。

「うちは年寄りが多いので、先々週からバッタリ。『命がけで来たのよ』と、たまに来てくれる人がいるだけ」

しかしコロナには全く関係ないところはいっぱいある。高級なところほど影響はない。おととい、予約半年待ちの超人気の和食屋さんに行ったところ、カウンターはぎっしり人で埋まっていた。

「うちもキャンセル出ました。地方の方なんかが来られなくなりました。だけどうちは、キャンセル出たらすぐに連絡して、というお客さまがいっぱいいらっしゃいます」

よかった、よかった。そして昨日も、予約がとれない隠れ家的イタリアンへ。ところが隠れ家過ぎて、全く場所がわからない。誘ってくれた友人に電話したら、

「私もはっきりとはわからない。このあいだは、やっぱり人に迎えに来てもらった」

というではないか。タクシーの運転手さんも、

「ナビだと、このブロックの後ろですが」

と首をひねるので降りてしまった。歩きまわり、通りの店と店との間、小さな階段を降りていく、路地のつきあたりにあった。看板もなく、壁に店名が書かれているだけ。見つけたのは奇跡のようなものだ。

予約はホームページのみでうけつけるそうだ。

最近、こういったお店が増えて本当に困ってしまう。

うちの近所にとてもおいしいイタリアンがある。住宅地なので値段もリーズナブル。予約しようと電話をしたら、いつのまにか、

「店のホームページで受けつけてます」

とテープがまわるのみ。あれこれスマホをいじったら、「予約はここから」と食べログや一休とかから電話番号が出てきた。

が、何回電話しても、あのテープにつながるだけ。頭にきて、しつこく電話をしたら、なんとお店の人が出た。肉声が聞こえてホッとして、予約をしたのであるがすぐに用事が出来てしまった。変更してもらおうと、また電話をかけてみたがどの番号も、もはやつながらない。

今日はヒマで困るという美容院のおニイさんに、スマホでキャンセルをしてもらった。すごく時間がかかった後、彼は言った。

「口頭の予約は、ネットで取り消し出来ないんだよ」

そんなわけで今日、店に直接行くことにした。どうしてこんなややこしいことになっているのか、店長と話をしたいものである。

変わるものとは

昨年のことである。

山梨に向かう電車の中で、たくさんの中国人の旅行客を見かけた。富士山に向かう人たちだ。これはわかるとして、勝沼ぶどう郷とかその先のもっと小さな駅でも降りる。

ＳＮＳによって、面白そうな田舎は、どんどん拡散されているのだ。

山梨でもこんなだから、銀座のざわめきといったらなかった。デパートの化粧品売場は、中国人の若い人たちに占領されているといってもいい。

「有難いことだよな、中国の人たちが来てくれて、日本の景気を支えているんだ」

と夫は言い、私もそう考えていた。

しかし京都における、中国の人の多さはちょっと度を越していたかも。歌舞練場のあたりは、それこそ歩くのもやっと、ものすごい数の人たちがひしめいていたのである。

これだけ膨らんだものは、いつかパツンとはじけないものなんだろうか……。

そう思っていたら、今回のコロナ騒ぎである。銀座からも表参道からも、中国の人がいなくなった。

「ハヤシさん、売り上げ半減なんてもんじゃありませんよ」

よく行くショップの人がため息をついた。

「お客さんがぱったり来なくなったんです」

心のどこかで、「ちょっと多過ぎる」と思っていた自分を恥じた。日本の経済は、中国の人たちが来る前提でまわっていたのである。

一方多くの日本人は、

「これだけ大きくなったインバウンド、もし、何かあったらどうするんだ」

と危惧していたのではないか。

が、それはこんなに早く、大きな形でやってきたのである。

わかっているけど、大きくなり過ぎたものをどうすることも出来ない。そして日本経済と自分とを一緒にするのは見当違いであるが、

「いつか破綻するのでは」

という怖れを抱いてこの二年くらい生きていた私。

夫は言う、

「そんな生活をしていたら、いつかは倒れるぞ」

どうしてこうなったのか、私もよく説明出来ない。すべては自分の喰い意地のせいで

ある。

　以前にも書いたが、最近人気のある店は、みんなお金持ちの常連さんに占められていて予約が出来ないのだ。

　しかし私の友人たちはひょいひょい予約をとっていく。そして、

「来月の四日、○○鮨空いてるよ」

　と連絡がくるのである。

　もちろん舌なめずりして、「行く、行く」と答える私。この他にも、

「たまにはご飯いかがですか」

　とお誘いがかかる。みんな忙しい人たちなので、三カ月ぐらい前から約束する。先のことだと思っているのに、すぐその日はやってくる。ご馳走になったお返しに、私も必死で予約をとったりする。

　気づくと月曜日から金曜日まで、食事の約束がびっしりと入っていく。たまに空いた日は、急きょ、

「遊ぼ、遊ぼ」

　と話がまとまる。

　どこもおいしい高級和食やお鮨だったり、予約困難の焼肉屋さんだったりする。この時にお酒ももちろん飲む。

体重なんか増えっぱなし、自分でもこれはまずいかなあーと思ったら、おといパチンとはじけたのである。

昼間タクシーに乗っていたら、どうにも気分が悪くなってきた。這うようにして家に帰り、その後は十分おきに嘔吐した。うっ、苦しい、夜になってあまりのつらさにのたうちまわった。

「まさか、コロナじゃないだろうな。早く救急外来に行け」

と夫は言ったが、風邪の症状でもない。ただ体中が、「苦しい、もうやめて」と悲鳴をあげているような。

そんなわけで、今朝、いきつけのクリニックへ行ったら、新型コロナではなく、風邪の菌が腸に入ったのではないかということ。三袋点滴をうってもらった。

知り合いの院長がなぜかニコニコして、

「ハヤシさん、また太ったね」

だって。

「ボクなんかダイエットして、こんなに痩せたよ」

と自慢された。

そしてまたうちに帰って、この原稿を書いている。これだけではない。あと二本の〆切りがある。

体と頭がうまくまわらない時に、文章を書くつらさというのは、たぶんふつうの人にはわからないかも。

日本が「中国」という要素で成り立って、かなり無理していたのと同じように、私も「健康」という二文字を過信して、仕事をどっさり入れていたのだ。

これを機に大いに反省しなくてはと思うものの、部屋にハタケヤマが入ってきた。

「ハヤシさん、〇〇さんと△△さんからお電話があり、四月中にぜひお食事をということです」

「もう、今は何も考えられない」

思わず叫んだ。

「これからは少し粗食で生きていくよ。生活を変えないと」

が、こんな殊勝な考えを持つのは今だけかもしれない。ＬＩＮＥで、

「〇〇鮨行かない？」

と来れば、すぐに答える自分が想像出来る。私が好きなのはおいしいものだけではない。仲よしの友人と、楽しいバカ話をする。それが私にとって必要なことなのだから。

が、私は変わる。このコロナ騒ぎで、働き方や、お父さんのあり方も変わった。勤務時間を短縮したり、テレワークも、

「やれば出来るじゃん」

と皆が認識したのは大きな成果であった。なんかいいことが一つぐらいなくては、このコロナ騒ぎ、とてもやりきれるものではない。

今だからこそ

　先週、体調を崩し、つらい症状が出た、と書いたところ、いろんな人からお見舞いのメールやＦＡＸをいただいた。ご心配をおかけいたしました。

　しかしものはとらえようで、三日間ファスティング（断食）したおかげで、なんか体が清々《すがすが》しい。ダイエットのきっかけがつかめた。

　これからはお酒は可能な限り控え、食べものにも気をつけよう。

　火曜日はヘルシーなキノコ鍋を食べに出かけた。二カ月前から友人が予約をしてくれた店だ。とにかく人気があり過ぎて、会員制のようになっている。看板も出ていないし、電話番号も公開されていない。初めての客は、教えられた住所を頼りに、タクシーの運転手さんにナビを入れてもらう。最近このテの店が増えていて不便このうえない。

　おまけに私は七時からの約束を六時半からと間違え、六時十五分には着いてしまった。あたりは住宅地で、店のあかりが何ひとつない。

　こういう時はまわりをぐるっと散歩する。夜道をてくてく歩いていたら、おまわりさんが何人か立っているところがあった。ここはどこなんだろう。

その建物の前には、韓国食材屋があった。たぶん韓国大使館だろうと思ったらあたりだった。店にはおいしそうなキムチが並べられていたので、二袋も買ってしまった。それを持ってまた歩いて元の場所へ。

若い女性で満員の店、六人が集まってキノコ鍋を食べた。お店の人がよそってくれるので、コロナ感染は大丈夫のはず。

「そう、そう。私が毎週必ず見てる『テセウスの船』だけどさー、今週がいよいよ最終回だよ。どうも事件の鍵は、お祭りで食べたキノコ汁らしいんだよ。その中に毒キノコが混じっていて、女の人が死んだんだって……」

つい余計なことを連想し、それを口に出してしまうのが私の悪いクセである。初対面の人もいたのに、ちょっとひかれてしまった。

が、初めて食べるその店の、キノコ鍋のおいしかったこと。八種類のキノコが入っていて、ものすごくいいダシがきいている。あっという間に食べておかわりをした。

「いくら食べても、こんな罪悪感のない食べものって最高だね」

「すぐにお腹が空いて、明日の朝は肌がピチピチになるよ」

おまけに値段もリーズナブル。

このところ、信じられないような代金をとる食べ物屋さんが増える中、涙が出るほど良心的であった。電話番号もわかったし、また行こう。

ところで友人からまた、このようなメールが。

「コロナで大変な思いをしているお店を支援すべく、出来るだけ外食をするようにしています」

私も同じ考えだ。私はこれに、

「近所のふつうの店で」

をつけ加えた。コロナ騒ぎになってから、超人気店に何軒か行ったが、どこも満席であった。名店のお鮨屋さんの板前さんに聞いたら、

「うちもキャンセルがいくつか出ましたが、常連さんにＬＩＮＥすると、待ってました、とすぐに来てくれます」

とのこと。こういう店は何の心配もいらないが、地元の商店街の店に空席が目立つ。こういう時にこそ出かけていって、シャンパンの一本か二本開けるのが大人の心意気ではあるまいか。

「そうよ、小金を持っている人は、今こそじゃんじゃん使うべきなのよ」

ここにきて本の売れゆきも今ひとつだし、老後の虎の子を、税理士さんに勧められて株投資したばかり。もうこうなったら半分ヤケである。洋服も買った。

「コロナで第三次世界大戦みたいだ」

と言っている人がいたが、とんでもない。戦争体験を持つ人に失礼だ。上から爆弾が落ちてくるわけでもない。食料が不足するわけでもない。スーパーに行けばものが溢れているし、テレビをつければ面白い番組が流れてくる。トイレットペーパーも、近くのドラッグストアに出まわるようになった。

桜もちらほら咲いてきたし、楽しいことだけ考えよう。

「ハヤシさん、うちのコミック、まるでマスクつくってるみたいです」

某出版社の編集者が言った。

「刷っても刷っても品が足りない。いくら店頭に並べても、すぐに売り切れるんです」

「鬼滅《きめつ》の刃《やいば》」っていうアレだ。こういう景気のいい話を聞くと、本当に嬉しくなる。某出版社の編集者も、

「ドリルが売れて売れて」

と大喜びだ。こういう話だけを心に深く刻んでおこう。

今日は近所の奥さんを誘って映画を観に行った。予定していたコンサートもお芝居も、歌舞伎も中止になったが、映画館はちゃんと開いてる。

ガラガラだよーと聞いていたけれど確かにそのとおりで、中規模の館に、なんとお客は五人しかいない。

私が観たのは、ジュディ・ガーランドの伝記「ジュディ　虹の彼方に」というもの。

主演のレネー・ゼルウィガーがアカデミー主演女優賞を受賞した。

お酒とだらしない生活によって、すっかり落ちぶれたジュディ・ガーランドが、再起を賭けてロンドンで公演をする。が、うまくはいかない。そしてステージで最後に歌う「虹の彼方に」。

いつのまにかマスクの上の私の目から、涙がひと筋、ふた筋……。

虹の向こうには素晴らしい国があって、

「そこでは心配ごとがキャンディみたいに溶けちゃうのよ」

最後は客席の人々も一緒になって歌う。彼女のすべてを許すシーンは圧巻だ。

「よかったねー。ついでにランチ食べてこうよ」

私は映画の感想を言い合いたかったのに、唾が飛ぶからと、奥さんからやんわり断わられた。

あの年のあの人

あの三連休がいけなかったと多くの人は言う。

コロナにかかった人はそう増えていないし、世間には、

「日本はうまく抑えたんじゃない？」

と楽観ムードが漂い始めた。

折しも、都内は桜がちらほら咲き始め、とてもいい天気。宴会は出来ないものの、みんな公園に出かけて、夜はいろんなところに繰り出した。

なにしろ日本において、桜は宗教である。長い冬が終わり、希望をもたらしてくれるイコンだ。わーい、わーいとみんなが浮かれ出しても仕方ない。

そうしたら東京では、ものすごい数で患者さんが増え出した。感染爆発、オーバーシュートというらしいが、起こると困るので、週末自粛ということになった。

「不要不急の外出などは避けるように」

というので私はふーむとうなった。

私は月曜日から金曜日まで外食だ。三カ月前からお誘いがあり、空いている日がパズルのように予定で埋まっていく。

その他にも、

「あさって、イタリアンの○○の席あるよ」

などといった急なおいしいメールもいっぱい入ってくる。

「こんな時にいいかげんにしろ」

夫は怒って口もきいてくれない。

さすがの私も小池百合子都知事の会見で考え直した。

前半は親しい友人との会食だったのだが、会見のあった水曜日以降、木曜日、金曜日は、ＶＩＰの方々とのお食事が決まっている。高齢の方もいて、秘書の方をとおしておうかがいをたてたところ、

「決行しますよ」

という返事。そのうち一人から、

「癌も同じですが、恐れず侮らずが原則です」

という書き出しの長いメールが。糖尿病を患った方なのでこの時期とても心配していたのであるが、ご本人はそんなことより行政のやり方を怒っていらした。政治家があれこれ言うより、専門家に方針をゆだねた方がいいと言うのだ。

私は行政よりも、マスコミの煽り方に怒っている。

今朝のワイドショーでは、

「昨日の夜から買い占めが始まっています」

と大々的に流しているではないか。

よーく見ていたら、深夜のスーパーに、週末用の食料を買いに来る人が何人かいた。しかし買い占めというレベルではない。行列も出来ていない。それなのに、「買い占め、買い占め」と連呼する。

最後に罪ほろぼしのように、

「みなさん、買い占めはやめましょう」

ととってつけたように言うが、私などはワイドショーを見なかったら、買い占めのカの字も考えもしなかった。

朝、近所の美容院に行った帰り、駅前のスーパーをのぞいてみた。そうしたらびっくりだ。レジの行列が出口まで続いているではないか。まさかここまでとは……。

ワイドショーがつくり出した買い占めだと私ははっきり言おう。

そう言う私も、その後ドラッグストアに寄ったら、トイレットペーパーが積んであったので買ってしまった。うちに充分あるのに……。先日、やはりワイドショーで、トイレットペーパーをめぐって、殴り合いの喧嘩をしているアメリカの光景を見たばかり。

映像に携《たずさわ》っている人たちは、こうしたことを本当にわかっているんだろうか。

とはいうものの、週末は自粛気味の私にとって、テレビは大切なお友だち。若い人みたいに、ユーチューブとかはあまり好きではない。

そういう人は多いらしく、テレビの視聴率は軒なみ上がっている。私の大好きだった「テセウスの船」は、最終回がなんと十九・六パーセントであった。

「恋はつづくよどこまでも」も、ものすごい人気で終了。私も時々見ていたが、おばさんも胸がドキドキした。佐藤健《たける》さんの、超イケメンでややS（サディスト気味）の男に選ばれ、愛されるという設定は、女の子の永遠の妄想テーマである。古くは「はいからさんが通る」、「アラベスク」、「のだめカンタービレ」と、多くのコミックに伝わるもの。

そう、一連のキムタクドラマも。

このドラマの成功は、佐藤健さんのカッコよさもさることながら、主役の上白石萌音《かみしらいしもね》さんによるものだ。

数年前、「舞妓はレディ」という映画を観た私は、主役の上白石さんの愛らしさをこのページで讃えた。そして、

「近いうちに朝ドラのヒロインになるはず」

と断言した。朝ドラはまだだが、妹の萌歌《もか》ちゃんと共に、ものすごい人気者になった。

そして今回爆発。

ネットでは「可愛くない」とかいう人もいるらしいがとんでもない。たとえばあの役を浜辺美波ちゃんとか、桜井日奈子ちゃんが演じたと想像してみよう。あまりにも美形過ぎて、テレビの前の女の子は誰一人感情移入出来ないはず。

そう考えると、萌音ちゃんのあの素朴な愛らしさが、いかに貴重なものかわかるはずだ。

なんていうことを考えてテレビを見ていたら、「有吉反省会」の特番に、宮崎美子さんが出ていらした。そして思い出した。あの時の異常ともいえるヨシコブームを。熊本のふつうの女子大生だった宮崎さんが、「週刊朝日」の表紙になったのをきっかけに、あれよあれよという間にスターになったことを。

「そうか、萌音ちゃんの先輩は宮崎さんか」

どちらも九州出身。化粧っ気や整形っ気のない、ピュアな魅力もそっくり。

「何十年かに一度は、こういう女の子が熱狂的に迎えられるんだなあー」

ちなみに宮崎さんがデビューした昭和五十五年は、第二次石油ショックの翌年。なにか通じるものを感じる。

誕生日

今日四月一日は、私の誕生日である。

とても憶えやすい日であるためか、多くのお祝いのメッセージが届く。スマホのLINEには、

「マリコさん、おめでとう!」

「ハヤシさん、これからもいっぱいお仕事してくださいね」

こんなご時世にありがたいことである。

毎日テレビや新聞を見ていれば、誰だって暗ーい気分になってくる。さすがに私のまわりでも、会食はすべてとりやめになった。ずーっとうちにいる。夫もいる。おかげで喧嘩がたえない。

私は昨年の四月一日を思い出した。

そう、あの元号が決まった日だ。元号に関する懇談会のメンバーであった私は、車で官邸に向かった。おそらく私の人生であれほど晴れがましく華やかな誕生日は、最初で

最後であろう。

うちの前にも何人も記者さんやカメラマンがいて、マイクを向ける。

「今日のお気持ちは」

「厳粛な思いで向かっております」

官邸に向かうと、上にはヘリコプターがぶんぶんとんでいた。

ハイヤーの運転手さんが、

「まだ時間がすごく早いんですよ。どっかで時間つぶしますか」

と聞いてくれ、二人でANAインターコンチネンタルホテルの横の、桜を見に行ったことをふと思い出す。

菅義偉《すがよしひで》さんが「令和」という文字をかかげ、新しく美しい元号に多くの人たちが熱狂した。渋谷なんかお祭り騒ぎだったものな。

それなのに今、街行く人も少なくなって、聞こえてくるのはつらく悲しいことばかり……。

いや、いや、こんな愚痴を言ってはいけない。少し前向きの話をしなくては。

一カ月ぐらい前、友人からこんなメッセージが届いた。

「コロナは熱に弱いので、たえずお湯を飲んでください。27度から28度ぐらいで菌は死にます」

元の発信者は武漢の医師だという。まだこういうLINEにウブだった私は、多くの友人、知人に流した。

するど反響がいっぱい。

「明日からお湯入りの水筒持ってくねー」

「教えてくれてありがとう」

しかし友人の中に冷静な人がいて、

「ハヤシさん、そもそも人の体温は三十七度近くあるよ」

確かにそのとおりであった。そしてこのメールは、ワイドショーでも取り上げられ、

「根拠のないチェーンメールに気をつけてください」

誰かが流していたのだ。

そして先日、小池さんが、

「都市封鎖（なぜか英語でおっしゃった）が、あるかもしれません」

と発言してから、買い占めは起こるわ、東京から逃げる人は出るわで、大変な週末であった。日曜日など雪が降り、人が落ち込むところまで落ち込んだ月曜日、志村けんさんが亡くなったという速報が入ったのである。

国民的大スターの突然の死が、日本中に与えた衝撃は大きかった。対談で一度お目にかかっただけの私も、しばらく声が出なかった。こんなことってあるんだろうか、まだ

お若いのに。

その少し前から私のところに、こんなLINEが入るようになった。

「いよいよ封鎖が四月一日に決まりました。大企業には既に通達がなされてます」

それが一通や二通ではない。午後になるとどんどん増えていく。しかも送ってくれた相手が、私の友人の中でもインテリ、マスコミ関係者、事情通という人たちなのでかなり信用してしまった。しかし待てよ……と思ったのはLINEの内容はほぼ同じなのであるが、こういう一行がつけ加えられるようになったからだ。

「あなたの大切な人たちに、早く知らせてください」

チェーンメールの典型的なフレーズである。

発信元は、

「私の友人のテレビのプロデューサーが」

となり、

「○○党の議員の秘書からです」

というのもある。

○○党というのは野党で、このへんも怪しい。そしてこれらのLINEの最後に、

「四月一日買い占めが始まります。早いうちに行きましょう」

が加わるようになり、私は腹が立った。そしてすべてのLINEをまとめて、送って

くれた人に返したのである。

「どれもすごく似てると思いませんか？」

私はコロナ問題にかなり詳しいはずの、ある評論家と話をした。その方にLINEのことを尋ねたら、失笑されてしまった。

「ハヤシさん、封鎖するにしても、そんなことを知ってるのは、官邸で総理を含めて四人ぐらいだよ。国家のいちばん大切な情報が、あんたら庶民レベルにたやすく流れるはずはないだろう」

こんな冷静（でもないか）で、疑り深い私が、最初のうちは怪しいメールにすっかりやられてしまったのである。恥ずかしいことである。

ところでこのところテレビばかり見ている私。折しもバラエティの特番が多く結構面白い。昼過ぎから夜までテレビに見入る私に夫が怒鳴る。

「本でも読んだらどうなんだ」

作家の私に向かってよく言うよ！　資料の堅い本を読む気になれないだけだ。いま週刊誌で、ひきこもりと家庭内暴力がテーマの小説を連載しているが、その種の本をこの三、四日手にとることが出来ない。

駅前のスーパーに行ったついでに、東野圭吾さんと佐藤愛子さんの新刊を買ってきた。どちらも読んでいるうちに元気がわいてきた。やっぱりベストセラーになる本は、こういう時に人々に元気を与える本なんだ。

そして気づいた。テレビやスマホを数時間以上見ていると奇妙な徒労感が残るが、本にはそれがない。体の使い方が違うのかもしれない。「鬼滅の刃」も全巻買った。コミックはどうか試してみよう。

緊急事態宣言の中

三年前に亡くなった私の母は、東日本大震災の時、何度もこうつぶやいたものだ。

「まさか、生きている間にこんなことが起ころうとは……」

つい最近、夫は大学時代の友人からこんなメールをもらったそうだ。

「団塊世代の自分たちは、このまま穏やかに余生をおくれると思っていた。まさかこんなことが起ころうとは……」

最初は私も前向きであった。読みたかった本やＤＶＤも山のようにある。人生の休暇として、ゆったりと暮らそう……。

しかし、人と会わない、外に出ない、というのは、これほど人の心を蝕《むしば》んでいくものであろうか。

自他共に認めるノーテンキの私も、次第に暗い気分になってきた。

秘書のハタケヤマも、しばらくは在宅勤務だ。お手伝いさんも早く帰る。

よって午後うちにいるのは、外に出られなくて不機嫌極まりない娘と、あれこれ小言ばかりの夫である。これでいい精神状態を保つ、というのは至難の業だ。原稿を書いていても、つい邪念が入る。

コロナに感染し、重症になり、ちゃんと手当を受けられなかったらどうしよう。医療崩壊が起こり、ニューヨークみたいに廊下にころがされたら……。悪いことばかり考えていると、どんどん気分が落ち込んでくる。

そんな中私は小さな楽しみを見つけた。それは友だちが見つけた動画を厳選し、コメントをつけて知り合いに拡散することだ。

駄作もいっぱいあるが、この頃レベルが高いものが続々と。

このあいだのヒットは、海外からのもので、街の人たちが次々と「レ・ミゼラブル」の名曲を歌い上げるもの。ビートルズの「抱きしめたい」の替え歌、「I Gotta Wash My Hands!」もすごい。

バナナの帽子をかぶった猫ちゃんが、大阪弁で、

「ちょっと、コロナさん……」

と説教する動画も人気があった。

おとといのこと、仲よしの相撲部屋のおかみさんから、

「うちの子たちも外出禁止にめげず、がんばってます」

という動画が送られてきた。十人のお相撲さんたちが、大きな長いテーブルで食事を

している。壮観である。みんなお気に入りのTシャツやトレーナーを着ているのも可愛い。

おかみさんの了承を得て、皆に送った。

「みなさん元気を出してね。○○部屋より」

とコメントをつけたところ、これも大反響。

「勇気をもらった」

「本当に元気になった」

そして極めつけは、おととい送られてきたピアノの動画だ。両手で不思議なメロディをかなでると、上のパソコンの楽譜に素晴らしいメッセージが出てくるというもの。つまり音楽を視覚化したのだ。

しかしこれは評価が二分された。音楽をちょっとでもやった人は、ピアノのからくりがわかり、

「鳥肌が立った」

「素晴らしい」

と激賞。しかし中には、

「これは何？」

「ハヤシさんがヒマだから、ピアノのレッスンをしているの」

とか、とんちんかんな返事もあちこちから来た。

そして最近多くの方から、

「このマリコ劇場が、毎日本当に楽しみで」

という言葉をいただいている。その言葉に励まされ毎日、七、八十人にせっせと動画を送っている私である。

ところで政府が中小企業に補償をするということで、水商売の人たちはどうするか、ということで議論がわき起こった。私はめったに行かないが、日本にはクラブ文化というものが確かにあり、世界に類を見ないものとされている。それらの火を決して消してはいけないと思う。ゴールデン街なんて人生で二回ぐらいしか行ったことがないけれど、やはり残していかなくてはならないもののはず。

しかしなあ、と考える。テレビに出ていた、売れっ子の歌舞伎町のキャバクラ嬢。毎月ものすごい売り上げで、二千万円（！）のクロコのバーキンを手にしていたっけ。

それからやはりバーキンとケリーを二百個だか持っていて、やたらとテレビに出まくっていた銀座のクラブのママがいた。

この人は飛行機の中で、バーキンを床に置いてください、と言われたことに腹をたて、CAさんの写真と実名をあげてネットで叩いていたっけ。これは大炎上したが。

こういう方々にも、我々の税金が遣われると思うと釈然としない。最近人生相談をしている、ホスト界の帝王ローランドはどうなる……。

いや、いや、こういう方たちは充分貯えがあるから申請はしないはず。

さて、こんなアナログ人間の私にも、テレビ会議をしろ、とかいう状況が迫って本当に困っている。

先日は私の参加しているボランティア団体で、今後のことをどうするか、ということでテレビ会議。しかしスマホの使い方がどうしてもわからず、私だけ離脱した。

その三日前、深夜のラジオ特番に出ることが前から決まっていた。スタジオに来てもらうのは申しわけないと、相手の方とパソコンで結ぶことに。この操作は夫がしてくれたのであるが、相手がやはりおじさんで、「わからない」とのこと。よって私も急きょ真夜中のラジオ局にタクシーで向かう。直前までマスクをして、本番だけ取った。スタジオのテーブルは大きなアクリル板で仕切られていて、相手の息をブロックするように出来ている。しかも驚いたことに、スタジオの扉をしょっちゅう開けて換気。私たちは一時間喋り、さようならもそこそこに、呼んでもらったタクシーに飛び乗った。

こんなことも思い出話になる日が、早く来て欲しい。本当にそう思う。

マスクの下の「顔」は

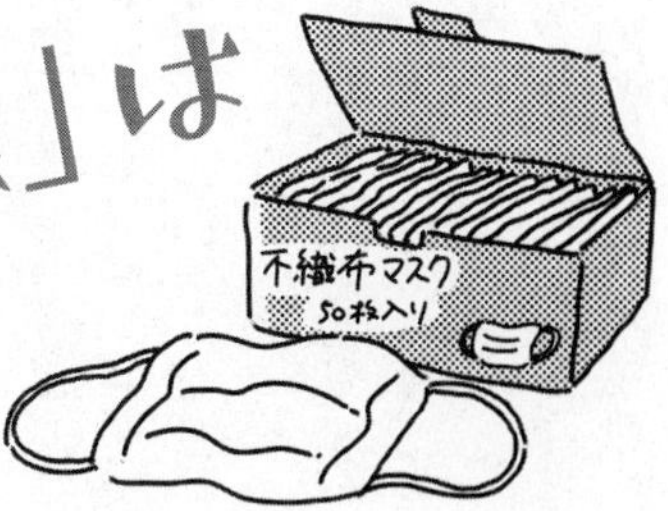

絞《しぼ》る時

星野源さんの「うちで踊ろう」とコラボした安倍総理が、ものすごく叩かれている。私など「ワンコが可愛い」「やっぱり立派なうちだなー」という感想しか持たなかったのであるが、そうでない人も多いようだ。

私は友人にこうLINEした。

「なんか芸をしていただけばよかったんだよね。例えばヘタでもピアノ弾くとか、サキソフォン吹くとか。しかし、今となっては、あの動画のゆるさ、よーく出来てると思うよ」

皆から「?」マークが来たので、私はこう返信した。

「芸人さんが総理のもの真似したり、違う動画とくっつけたり、ものすごい数の動画がつくられたじゃないの。あのゆったりした余白は、どうか素材として使ってくださいという、ご本人のメッセージだったと思うよ」

思うに多くの人がイラついた原因は、

「優雅に自粛してるとこ、見せびらかすな！」

ということだったに違いない。

この頃私も身にしみてよーくわかった。自粛出来る私は、とても恵まれているということをだ。

もともと家に居て原稿を書いている仕事である。外に全く出かけなくても、なんとか生活出来るのだ。

しかし世の中には、家に引きこもっていたら食べられなくなる人がいっぱいいる。冷たい雨が降った先週のこと、店頭でお弁当を売るレストランの従業員を何人も見た。テイクアウトで買ってもらえなければ、とてもやっていけないのだ。

小商いのうちに育った私は、日銭の貴さをよーく知っている。お金持ちだったら、町中のテイクアウトを買い占めにいくところであるが、まあ、そんなことが出来るはずもなく、目についたものを、二、三個買う。これが丼ものとか、ラザニアとか炭水化物ばかり。ふつうに夕飯のテーブルにこれを並べ、

「責任とって自分で食べろ」

と夫に言われ仕方なく食べる。昨日など鉄板焼き屋の店先で売られていた、お好み焼きと焼きソバも食べた。このままだと、ますますぜい肉をたくわえることになるに違いない。

そこに高校時代の同級生、元ラガーマン、フジワラ君からLINEが。

「今は体を再度鍛える期間として、五月六日までの目標として合計、自宅表の野川を三百キロのジョギング、腹筋二千回、スクワット二千回上腕筋二千回の筋トレをやっています。二週間過ぎて、体も絞れてきたいい感じだよ。GW明けに見せてあげるよ」

「おい、おい。その年でやり過ぎだよ」

「目標を決めて、こうしてコミットして自分を追い詰めてやるのが好きみたい。今度ハヤシの家まで走っていくよ」

すごい、頭が下がる。もう一人の同い齢《どし》の友人も、自粛になってから毎日走っているそうだ。コースとしてうちの近くの公園に行くとか。

「今度ピンポーンするね、インターフォンごしに話そう」

ということであった。

私の生活はといえば、毎朝七時半に起き、じっくりと新聞を読む。ワイドショーも見る。その後、仕事をして簡単な昼食をとり、その後も原稿書き。ハタケヤマも在宅になっているので、電話一本かかってこない。静かである。そして四時になると、唯一の外出であり楽しみのスーパーに出かける。

この時は遠まわりをして歩き運動も兼ねる。夕飯をつくって家族で食べ、その後はテレビを見たり、本を読んだりする。〆切りがあると夜中まで書くことも。

「これが本来の作家の生活なのね。今まで少し遊び過ぎたかも」

と編集者にＬＩＮＥしたら、

「収束したら、すぐに元の生活に戻るはず」

と笑われたが。

それにしても不思議でたまらない。今まで毎晩誰かとご飯を食べ、週に二回はお芝居やコンサートに行き、エステやジムにも通い、どうやって仕事をこなしていたのだろう……。

うちの夫は浅田次郎さんの大ファンで、浅田さんのエッセイだけは読む。浅田さんはご自身の日常を時々書いておられるらしく、

「浅田さんは朝六時に起きて、仕事をする。午後からは必ず本を一冊読む。同じ作家なのに、どうしてこんなにも違うんだ」

と小言をいわれたこともしばしば。

今回の自粛でよーくわかったことがある。今までうちの夫婦仲が悪いのは、私が毎晩出歩いているせいだとばかり思っていた。しかしこの一カ月、私はほとんど外出していない。毎晩ごはんをつくっている。

「だけどやっぱり仲が悪い。喧嘩ばっかりしている。単に気が合わなかっただけなのね」

と何人かにLINEしたら、これが大反響、みんな「コロナ離婚って、ひとごとじゃない」と真剣に訴えるのである。ある若い女性作家から、

「私が買物に行って私が食事をつくる、私が後片づけする、それなのに不味《まず》い、とかなんとか言われると、カーッと頭にきてしまいます」

私は彼女に一枚の写真をおくった。そこには食べかけのカレーライスの皿がある。

「うちの夫が、カレーが辛すぎるからって、怒って自分の部屋に帰った証拠の写真だよ」

「ひどい！　こんなの信じられない」

実は辛いカレーが苦手な夫のために、「ザ・カリー」の甘口を買ったつもりが、辛口と間違えていたのだ。夫はあまりの辛さに汗がひかず、しばらく自分の部屋に行って休んでいたらしい。が、怒って途中で席を立った、という方が世間の同情はひきやすいので、何人かに写真を送る。

こんなことをして遊んでいられるのも、自粛出来るからだ。余裕があるからだ。恵まれている分、誰かをヘルプしたいと考えていたら、若いコからSOSが。コロナでバイト先の保育園が休園になったというのだ。私は彼女にうちに来てもらい、本格的な本の整理とメルカリ作業をしてもらうことにした。体は無理でも仕事場を〝絞って〟すっきりさせるつもりである。

食べることばっか

自粛の日々が続いている。

スーパーの買い物以外、どこにも出かけることはない。楽しみといえば、友だちと動画やＬＩＮＥをやりとりするぐらい、とさんざん書いてきた。

この頃は食いしん坊の友人たちと、テイクアウトやお取り寄せの情報を交換することも多い。京都のお金持ちは、今だからこそ出来る、名店のテイクアウトを見せびらかしてくる。ものすごい豪華さでびっくりだ。

その他にも、毎日夕飯の写真を交換する人がいて励みになる。疲れている時や雨の日は、スーパーに行くのがつらい。出前か、今流行《はやり》のウーバーイーツでもとろうかと考える。しかし夕飯の写真のことがあり、よいこらしょと立ち上がる私だ。

結構一生懸命つくり、少々ミエを張って食器も凝るしお花も飾る。昨夜のメニューは精進揚げともずくの小鉢、あちらは生ハムとブリの照り焼きとおいしそう。しかしいつもワインの瓶が見えるのが気にかかる。

「おねえさん、毎晩飲んでますねー」

と送ったら、

「飲まずにはいられない」

管理職なのでつらいことがいろいろあるらしい。

「早く一緒に飲みたい。早くバカ話したい」

と二人で言い合う。

ところで最近テレワークはもちろん、オンライン飲み会をやる人がとても多いらしい。

案外楽しいそうだ。

「マリコさんも入ってね」

と日時を教えてくれるのであるが、ご存知のように、私はそういうことがとても弱い。おまけに、わが家で唯一キレイな、というよりマシな場所、応接間は、Ｗｉ‐Ｆｉが通っていないのだ。パソコンが使えないとなると、スマホでということになり、あんな小さな画面ではそう積極的になれない。

「みんないろいろ工夫してるんだけど、それでも、いち日ごとに人の心がささくれ立っていくみたい」

夫に話しかけた。

「なんかさ、もうこんな日常イヤ、って言ってる人、多いよ。ストレスたまって……」

「どうしてみんなそうなのかなあ……」

のんびりした声。

「僕なんか、前からこういう生活しているから何とも思わないよ」

ジムに行けなくなったことを除けば、変わらない生活だそうだ。

「そうか、この自粛にいちばん強いのは、リタイアしたじいさんだったんだ！」

こういう時こそ、本は強い味方になるのであるが、都内の書店は半分ぐらい休業だそうだ。しかもＡｍａｚｏｎが、しばらくの間生活必需品の入荷を優先して、本は制限するというニュースが。

ふーん、本は〝不要不急〟っていうことらしい。

いいもん、本なんか売るほど持っているもん。ありすぎて今、整理をしている最中だもん。

まず五つに仕分けした。
①これからも資料に使うであろう本。
②山梨のイトコに送る本。小説や女性向けのエッセイ、人生論が喜ばれる。
③近所の奥さんにあげる本。比較的若い人向けの、人気作家の小説やエッセイ。旦那さんのためにはビジネス本もいっぱいあげる。
④地方の友人に送る、むずかしい本。小説の資料で使ったが、難解でもう二度と読まな

いと思われる本。

この友人は病院の経営をしていて、そこの図書室に送るのだ。彼はかなりのインテリで、前にも送ろうとしたら、

「自分の好みに合うかどうか、選ばせてくれ」

と上から目線。

むっとしたけれど、中国の思想家の全集や、歴史の本なんかをダンボールで送った。

⑤抵抗はあるが捨てる本。

が、どれにあてはまるか、ものすごく悩む本がある。そういうのはともかくざっと読むことにする。一日に三、四冊読む。おかげで仕分けにものすごく時間がかかり、なかなか進まない。

おまけに本を片づけていると、面白い本がいっぱい出てくる。いろんな記憶と共に。

「邱飯店のメニュー」という本が積んである中から出てきた。昭和五十八年の刊行だ。

この本を繰り返し何回読んだろうか。邱永漢《きゅうえいかん》先生は日本の文壇にデビューするにあたり、いろいろなＶＩＰをまだ小さなおうちに招待するのだが、そこで出す料理のおいしそうなことといったら……。

中でも私のヨダレをさそったのは、かの安岡章太郎氏がいちばん気に入っていたという「紅焼芋頭扣肉」。豚の三枚肉と八ツ頭をサンドウイッチのようにして長時間蒸すと

いうものだが、あまりにも時間と手間がかかるので、ふつうの料理店ではまず出てこないと、邱先生の別の本では書かれている。

そう言われると、どうしても食べたくなってくるではないか。私は「母から娘に伝える　邱家の中国家庭料理」というムックを買って、何度かこの料理に挑戦したものである。

幸いなことに、デビューしてすぐの頃、邱先生と対談する機会があり、その後も可愛がっていただいた。

ご自宅にも何度か招《よ》んでいただいたのであるが、この料理を食べた記憶がない。もちろんお食事はとてもおいしかったのであるが、いちばんびっくりしたのは、食器のすごさである。一客十三万円のロイヤル・コペンハーゲン、フローラ・ダニカのコーヒー茶碗が、邱家では無造作に棚の中に重ねて置かれていたのだ。

そして亡くなるまで毎年、誕生日のお食事会にも招んでいただいた。先生がその時いちばんおいしいと思うレストランに、会社の経営者の方たちなど六、七十人が集まるのだ。

皆のおめあては、食事よりも先生の四十分ぐらいのスピーチだったろう。世界情勢を踏まえ、今起こっていること、次に何が来るかを、適切に話してくださった。食い気一方の私は充分理解出来たとはいえず、実にもったいなかったとつくづく思う。

ああ、この本に刺激された。おいしいものを食べたい。

自粛長いですね

新型コロナウイルスの災いは、思わぬ現象を生み出している。

その中で私がびっくりしたのは、美容整形が大盛況だというのだ。なんでも長い自粛で、会社に行くことがなくなったOLさんたちが押しかけているという。

切ったり縫ったりすると、ダウンタイムというのがある。腫れを隠すために、何日かマスクやガーゼをしなくてはならないが、今だったらオッケー。誰にも知られずに、美容整形が出来るということらしい。

綺麗になるのは女性にとってとても大切なこと。この私とて、ムダなこととは知りつつ、エステやマッサージに通っている。

美容整形は女性をポジティブにするし、やりたい人はぜひやってください。が、美容整形クリニックには、何人もナースがいらっしゃるはず。

これは私の個人的なお願いであるが、医療崩壊が目前に迫る中、貴重な資格をお持ちの方々、

「国難の今だけ、近くのふつうの病院に移っていただけませんか」

ニュースによると、日本看護協会は、いったん職場を離れた看護師の方々に、

「復職してください」

とお願いしているという。それだったら、現役バリバリの若いナースの方々、ひと肌脱いでいただけないでしょうか。

などと言うと、ストレスが溜まってとにかくいきり立っている世の中、

「何の役にも立たないお前が、余計なことを言うな」

という声がとんできそうだ。

確かにこういう時に、いちばん役に立たないのが私たち物書き。張り切っていろんな発言をなさる方たちもいるが、私などはじーっと息を潜めて嵐が去るのを待つのみ。はい、すみません。

せめて楽しいコラムでも書こうと思うのだが、うちとスーパーの往復では、ネタも探せない、おまけに小池都知事が、

「スーパーに行くのは、三日に一度にしてください」

とおっしゃっている。残された楽しみは友人とのＬＩＮＥのみだ。

毎晩ずーっとスマホを触っている私に向かって、夫が怒鳴る。

「いったい何時間やってりゃ気が済むんだ！」

　ふん。

　毎晩夕飯の写真を見せ合う友人がいて、それが励みになっていることを前回書いたが、実は毎日夫のワルクチを言い合う仲間もいる。このおかげで、大変なストレス解消になっているのだ。

　そう、そう、二十四時間顔をつき合わせるために起こる、「コロナ離婚」というのも本当にあるらしいが、それと反対に結婚相談所もすごく流行っているという。

　識者のコメントによると、「こういう災難の時、家族のぬくもりや、人との絆を人は求めるのではないでしょうか」。

　そういえばテレビのCMでも、マッチングアプリが非常に増えている。

「ゼクシィ」も多い。

「プロポーズされたら、ゼクシィ」

　というコピーが以前あったが、今のCMだと同棲中のカップルが出てきて、彼が突然言う、結婚しようと。そしてCMは、

「幸せが、動きだしたら。ゼクシィ」

　うまく出来ている。これに水をさすわけではないが、何年か前、私の若い友人が婚約解消した。

「もう一緒に暮らしていたのに」

とまわりの人は驚いたものだ。私がズバリ聞いたところ、
「あの頃、会社がすごく大変だった。社会的な大きな不祥事起こして、その対応にくたくたになって帰ってくると、全く平気な顔をして彼女が『ゼクシィ』読んでるんですよ。そして式場がどうのこうの言ってる。こういうのとは、一生を共に出来ないと思った」
とのこと。しかし私は、無邪気に「ゼクシィ」を読んでいた彼女の気持ちもわかるような気がした。

結婚が近づくと、女性はそのことしか考えられなくなるのだから。

ところで朝ドラの「エール」が、どんどん面白くなっている。ピュアな天才作曲家に窪田正孝さんがぴったりだし、二階堂ふみさんが本当に美しい。

が、先日、お見合いシーンが出てきて、
「あ、またかぁー」
と思わず声を出した。

ヒロインがお見合いに行くのだが、相手が気持ち悪い男性。こんなのイヤ、と振袖、あるいは着物姿で途中で逃げ出す、というのは、もはや朝ドラの様式美となっている。最近では全く同じシチュエーションで、「ごちそうさん」の杏ちゃんがいた。

現代のドラマでも、お見合い、というと、女性は必ずお振袖を着て、どこかの料亭の座敷に行く。シシおどしがコトンと音をたてるのもお約束だ。今どき誰がこんなことす

る?

そしてお見合いの相手は、百パーセントひどい男性になっている。ものすごいノーグッドルッキングの男性か、エリート臭をぷんぷんさせるイヤなやつ。

こういう時、ヒロインは、タンカを切って逃げ帰ることになっているのだ。

私はこのページでも何回か言った。

「あまりにも陳腐なお見合いシーンを、テレビが繰り返しやる結果、若い女性のお見合いに対する抵抗は大きくなるばかりだ」

若い女性が見合いにそっぽを向いて年月がたつ。お見合いおばさんは姿を消した。昔は適当にうまくまとめてくれて、私も夫を知り合いのおばさんから紹介された。

そしてみんなは、マッチングアプリで運命の人を見つけようとする。代価払って。ま、それもいいかも。

これだけ長いお休み。なんか人生を変えるようなことを起こさなきゃ、ひきこもった甲斐がない。美容整形行くのも正解だろう。でもナースの方々、お願いします。

マスク運

その手紙は、三月のはじめに届いた。

「はじめまして。私は林さんの『夜ふけのなわとび』を毎週楽しく拝読している者です。マスクがなくてお困りのようですが、私どもの会社を通じて、中国製のマスクをお売りすることが出来ます」

私がこの手紙を全面的に信用したのは、会社（貿易関係らしい）の概要がのったパンフレット、中国のマスク工場の様子を撮った写真が、同封されていたからである。ずっしり厚い書類は、社名の入った立派な封筒に入っていた。

よく見るとマスクの見本も一枚。まあ、ふつうの使い捨てマスクであるが、値段がリーズナブル。コロナ前よりやや高いくらい。

その頃、暴利をむさぼる業者が、通販の画面に登場し始めていた。布マスク二枚で三千円、使い捨てマスク一箱五十枚五千六百円などというのまであった。

「ふざけんなー！」

と、私はスマホに向かって叫んだものだ。

ドラッグストアでまだ買えていたが、毎朝長い列が出来ていた。

「じゃあ、この人から買うことにしよーっと」

まだテレワークでなかったハタケヤマに、さっそく連絡をとってもらったところ、

「ものすごーく感じのいい方でしたよ」

ということで、ひと安心。

「だけどハヤシさん、注文は最低二千枚からだそうです」

びっくりした。せいぜい三百枚ぐらいを考えていたのであるが、二千枚とは……。が、その時、不思議な昂《たか》まりが私の中にこみ上げてきた。

「大は小を兼ねる！　誰かにあげたっていいんだから、四千枚頼んどいて」

「えー、どこに置くんですか」

「玄関のとこにしばらく置いとけばいいんだから」

到着は五月十日頃だという。その頃にはコロナが収束しているかもしれないが、まあ、いいやと、私は呑気なことを考えていた。

しかしご存知のように、事態は急激に悪くなり、緊急事態宣言が出て、ドラッグストアからもマスクの姿は消え去った。

この点私はとても恵まれていたといっていい。

「マリコさん、お困りでしょう」

地方の読者の方が、何人か送ってくださったのである。中にはトイレットペーパーも入れてくれた方もいて、有難くて涙が出そう。

その前、まだ外食も可能だった頃、女子会をして、お土産の袋の中に、チョコと一緒に十枚入りのマスクが入っていたこともある。戦時下、純綿の反物を貰った人も、こんな気分だったのではあるまいか。

さて、マスクが届くまでの間、いろんなことを考えるようになった。あの人とあの人、あの人にもあげよう。寄付は、どこに持っていこうかなーなどと友人にLINEしたら、

「甘いわよ」

とひと言。通販でマスクとアルコール消毒液詐欺にあい、通販会社に賠償金を請求している最中だという。

「そのマスク四千枚、たぶん届かないと思うけどね」

と言われ、不安にならなかったわけではない。一方その頃、マスクに関してやや明るい兆候が見えてきたのである。中国や香港にツテがあるらしい友人たちから、

「かなり輸入したから分けてあげる」

という連絡が何件か入るようになったのだ。中には、

「注文数の最低が一万枚だから、加わりませんか」

という人も。

「ありがとう。でも私も、きっと四千枚届くはずだから」

LINEを返す私。

そして四月の二十日、宅配便のおニイさんが、大きなダンボールを二箱抱えてきた。

高らかな声で、

「ハヤシさん、貴重なマスクですよ！」

もっとカサ高いかと思ったがそうでもなかった。中を開ける。日本語で書かれた五十枚入りの箱がぎっしり。マスクが四千枚！

さっそく半分は、知り合いがいる病院に寄付をし、あとの半分は、友人、ご近所、いきつけの食べ物屋さんに渡した。

「えー、本当にマスクもらってもいいの⁉　しかもひと箱なんて！」

とみんな大喜び。私は未だかつて、これほど人に喜ばれたことはない。自分がとても太っ腹な人間になったような気分。

しかしダンボールの中は、もう残り少なくなっている。もうじき事務所に来るハタケヤマとか、姪っ子の分、宅配便で送る友人の分もとっとかなくては……。

先日私はふだん行かないスーパーへ向かっていた。全く人通りのない大通りの歩道に、看板を発見。

「中国製マスク、五十枚二千五百円」

ドキドキしながらエレベーターに乗り、三階に行った。小さな事務所で、確かにマスクを売ってくれた、二箱買った。今マスクは値段が急落しているとのこと。

「あとの注文はFAXでどうぞ」

いくらでも売ってくれるそうだ。

うちに帰ってから、私は十箱注文した。このくらい持っていると安心する。

そうしたら同じ日に、美容関係の女社長からLINEが。

「日本製のいいマスクが手に入ったので千枚送ります。顔の広いあなたが、お友だちに分けてあげて」

ダンボールが続けて届き、私はハタケヤマと仕分け作業をした。小さな包みは何人かの友人に宅配便で。大きなダンボールの中に、日本製、中国製とり混ぜて千七百枚入れて、近くの養護施設に送った。これで私の手元にはちょびっと残るだけ。

それにしても、つくづく思わずにはいられない。私ってなんてマスク運があるんだろう。向こうからやってくる。これも私がバラまいたせいに違いない。モノはぐるぐるまわっている。

人さまのために使えば、必ず戻ってくるのだ。お金もそうあってほしいものである。

名を名乗れ

流行のズーム飲み会を、私もやってみることにした。若い友人に頼み、パソコンの設定をかなりのところまでやってもらった。あとは招待されるだけ。

夕飯を終え皿洗いをしていると、約束の八時が近づいてきた。わくわくする。最初は仕事場でするつもりだったのであるが、パソコンの延長コードがないことに気づき、ダイニングテーブルに移動。が、ここから先がわからない。

「やれないことをやるんじゃない！」

と夫の怒声を浴びながらも、頭を下げてやってもらい、なんとか繋がった。

メンバーは私を含めて四人。いつもの仲よしで「ムーブ女子会」と名づけた。最初のうち、みんなのダンナさんも心配らしくて、顔を覗かせ手をふる。どこも夫婦円満で、うちとはえらい違いである。

みなそれぞれの飲み物を持ち寄って、ムーブ会スタート。

やがて私は気づいた。どこのうちもすごく立派。背景にシャンデリアや、アンティークっぽい椅子が見える。メンバーの一人は、地下のホームシアターからだって。醬油さしや炊飯器が背景のうちとは、あまりの差である。キッチンカウンターの前に座るもんじゃない。生活感丸出しだ。

途中冷蔵庫からビールを出そうとしたら、

「扉のマグネットがかわいいねー」

とか笑われた。

そして女四人のお喋りが始まったのであるが、みんながどこにも出かけていないことに驚くばかり。私も、私のまわりの人たちもぼちぼちお店に行く今日この頃。もちろん八時まで営業の、換気のいいところ。食べるのは三人までと決めているのであるが、彼女たちは戸外のカフェで、お茶一杯飲むのがせいぜいだと、みんな自粛優等生だ。

「私がもし感染したりして、主人にうつったりしたら大変なことになるから」

確かに、みなさんの配偶者は、会社の社長さんだったり議員さんだったりする。もしVIPのご主人が感染したりすると、責任重大らしい。何やかんやと言われるご時世だ。

「マリコさんも気をつけてね」

一人が言った。

「もしマリコさんが感染したら、きっとマスコミに出るわよ」

「もちろん、すごく気をつけているよ。毎日うちにこもってるし」

とはいうものの、最近知っている方が、次々とコロナに感染されてびっくりしているのだ。

ニューヨークにお住まいの、世界的外科医、加藤友朗《ともあき》先生にＬＩＮＥをしたのが一カ月前のこと。

「先生、ニューヨーク大変なことになりましたね。どうかお体に気をつけてくださいね」

しかし何の返事もない。いつもはすぐに返してくださるのに。きっとお仕事が忙しいんだわ……。などと思っていたら、先生の顔が突然ニュース番組に。なんとコロナに感染した後、重体になり三週間、生死の境をさまよっていらしたとか……。

先日「やっと退院しました」というＬＩＮＥをいただき、ホッとした。

あとは後援会に入っている部屋の、若い力士が亡くなったのも衝撃であった。まだ二十八歳の若さだった。引き受け先の病院がなく、四日間も苦しんだという記事に涙した人も多かったはずだ。

こういう世の中であるから、人の心がささくれ立っていくのも無理ないことである。最近「自粛警察」という名をよく聞く。いやーな語感である。八時過ぎまで営業しているお店に、「シメロ」とか、張り紙をしていくらしい。このあいだは、公園で子どもと遊んでいるお父さんが、警察に通報されたと聞いて心底ぞっとしてしまった。

自分が正しいことをしているからといって、他の人を叩く、っていうのは本当にどうなんだろうか。

芸能人がこっそり沖縄に行ったとかで、ものすごい騒ぎになっている。そりゃあ、褒められたことじゃないが、国際通りを練り歩いたわけでもなく、町はずれの高級コテージに静かに居たわけでしょ。

「辛棒《しんぼう》出来なかったんだ、仕方ないなあ」

と軽蔑すればそれで済む話ではないか。

それはそうと、こうした話を、誰がチクるのか。私はいつも不思議で仕方ない。もしコテージの従業員なら、守秘義務から大きくはずれている。

今回の黒川弘務検事長のことにしてもそうだ。まあ、法の番人ともいうべき公の職にいる人が、こんな時に麻雀をしなくてもと驚いた。しかも賭けていたというのは非難されても当然だ。どんなにエラい頭のいい人でも、ストレスがたまると、しなくてもいいことをするのだなあ……としばし感慨にふける。エリートもギャンブルにははまるんだ。

だが不思議なことが。

麻雀というのは四人でする遊びである。おうちでする分には、全て秘密が保たれる。

「するといったい誰がチクったんだろう」

朝日新聞の人と、産経新聞の人が一緒にうっていたらしい。

黒川さんはこれで辞任ということになったが、記者や社員の方は一般人ということで匿名になるようだ。ネットには出ているが、どちらの新聞社も今のところ謝罪文だけ。正式には名前が出てこない。こんなのアリかな。記者や社員の名前だって出して裁かれるべきでしょう。

今、匿名の力はすごい。みんな名前にもマスクして、人を叩きまくる。

これに立ち向かうのがホリエモンだ。彼ぐらいタフでなければ、こうした匿名パワーと戦おうとは思わないだろう。彼はネット民を敵にしながらも味方にしている。すごいです。

私はずうーっとうちにいて、そういうのをよそごとのように見ている。最近、小説を書いている方がずっと楽しい。虚構の世界はどんなことも許されるからである。コラムを書く身には、つらい時だ。

ドラマ「女帝ユリコ」

長い夢から醒めたように、緊急事態宣言が解除された。

ずっとうちの中にいて、ぼーっと生きてきた身としては、社会復帰がなかなかむずかしい。

体も顔も弛緩《しかん》しきっている。二カ月近く化粧をしてなかったので、手順というか習慣を忘れてしまった。先日、人と食事に行ったのだが、眉だけ描いてリップクリームをつけるぐらい。美容院に行く気もなく髪もパサパサ。

実はずっと目が腫れている。この何年か、ちょっと疲れるとものもらいが出来る癖がついた。眼科に行こうと思ったのであるが、

「こんな時期に、病院と名がつくところは絶対に行ってはいけない」

と何人かに言われ、じーっと我慢。市販の目薬を使ったが、まるで治らない。

自粛解除の月曜日、さっそく近くの眼科に行ったら、年配の患者さんで満杯であった。みんな考えることは同じなんだ。来週は歯のクリーニングにもいかなくては。人間ドッ

クも予約をしといた方がいいだろう。

そんなことよりも、このだらけきった体を何とかしなくては。

私がアンケートをとったところ、まわりで太らなかった人は誰ひとりいない。

「気分が悪くなるので、体重計にのらないことにしている」

という人がいたが、私も同じだ。

しかしこのままではさすがにまずいと、解除の四日前からずっとダイエットをしている。夜は一時間くらい歩く。

ジムも再開予定で、パーソナルトレーナーからＬＩＮＥが入ってきた。

「ハヤシさん、早くスケジュールを決めましょう」

ずっと休んでいた対談の予定もばんばん入ってくる。しかし元どおりになったかというとそんなことはない。この二カ月で私の中で、いろいろと変化が起きているのだ。

「もうそんなに働かなくてもいいかも」

収入は減ったけれども、前みたいなお金の遣い方をしなければどうということもない。幸いにして書く仕事は山のようにある。それよりも、ぼーっとうちの中で暮らしたいと、せつに願うようになったのだ。

この私に果して勤労意欲といおうか、外に向かうエネルギーは戻ってくるのか……。

ところでひきこもっていて気づいたのであるが、ある時からテレビがものすごい勢いでつまらなくなっていった。

ドラマは再放送ばかり。バラエティも再放送。世論を意識して、

「この放送は二〇一八年〇月〇日収録」

という文字がうるさい。

司会者もリモートなんとかで出てこない。中には電話の声だけの人もいて、

「MCのくせにこれで高い出演料もらっているのか」

と釈然としない。

張り切っているのは、ニュース番組だけであるが、どのチャンネルも中身は同じで、次第に気持ちが暗くなってしまう。

そんな中、Netflix加入を勧められた。実は何年も前からどうしようかと迷っていたのであるが、

「Amazonプライム・ビデオも見ないし、WOWOWも見ないじゃないか。ムダ、ムダ」

という夫の言葉に押し切られていたのだ。ところが四月になってから、

「『愛の不時着』を見ないなんて。もう私は完全にハマって、ハマって！」

という声をやたら聞くようになった。

さっそく加入し、「愛の不時着」なる韓国ドラマを、毎晩二話ずつ娘と見始めた。

これが面白いの何のって……もはや社会現象となり、いろいろなところで紹介されているが、韓国の財閥令嬢が、ある日グライダーの事故にあい、舞い降りたところが北朝鮮。ここでかの国の将校と恋におちるのだ。

主役のヒョンビンの素敵さに心奪われるが、脚本もよく出来ている。恋愛ドラマの要素だけでなく、サスペンスの要素もあって見飽きない。

感嘆すべきは、北朝鮮の農村を決して批判や揶揄《やゆ》だけで描いていないこと。温かい家族の営みがあるし、素朴な人たちの日常がある。

ところでおととい、文藝春秋から「女帝　小池百合子」が送られてきて、いっきに読んだ。夜は「愛の不時着」、昼間は「女帝」に夢中。

途中から友人たちにＬＩＮＥする。

「めちゃくちゃ面白い本だよ。まるで韓流ドラマだよ。言ってみれば、娘版『砂の器』かも」

法螺《ほら》吹きで政治大好き、詐欺師まがいの父親がいる。娘はこの父親から、野心と上昇志向をたっぷり受け継ぐ。

父と娘がめざしたのはエジプトだ。なぜならもうその頃、アメリカ、イギリス帰りの人がいっぱい出てきていた。英語で勝負しても仕方ない。それならアラビア語で勝負してみようじゃないかと、娘はカイロ大学に留学する。

本当に卒業したかどうかは定かではないが、「カイロ大学首席卒業」という肩書きで、華々しく日本のマスコミにデビューするのだ。エジプトまで行って、ことの真偽を確かめる人はいないから、過去は盛りに盛って、どんどんすごいことになっている。

そして政治家への転身とその後の活躍はご存知のとおり。

「日本人でもこんな女性いたのか」

怒りよりも痛快さが。

皮肉でも何でもなく、この本を読んでいるうち、小池さんすごいと思った。

彼女は勉強嫌いということだが、知識があるからといっていい政治家とは限らない。強気とはったりが、人を動かすということを、私たちは毎日のコロナ記者会見で知っている。

この本、暴露本ではなく、一人の女性のサクセスストーリイとして読んだ。小池さんたぶん知事選圧勝間違いない。でも総理にだけはならないでね。

今に私は

何年も会っていないが、年下の友人に、脚本家の女性がいる。

脚本家といっても、ドラマや映画を華々しく書いている人ではない。商業演劇が専門だ。

ある時、久しぶりの大きな仕事で大女優と組むことになった。するとすぐ女優に呼びつけられたそうだ。

脚を組んだ女優に、脚本が気にくわないと怒られたという。

「いい？　客は誰もあなたの脚本だから観にきてるんじゃないの。私を観に来てるの。ワ・タ・シなの」

彼女は口惜し涙にかきくれた。そして毎晩祈るようになった。

「神さま、どうか、私をえらい脚本家にしてください。お願いします。あの女が頭を下げるような」

だけどね、ハヤシさん、と彼女は続けて言った。

「こんなことかなうわけないって、ふと気づいたんです。それから私は祈りの内容を変えました。〇〇〇子（大女優の名前）、どうかデブになれ、もっともっとデブになれって。こっちの方がずっと可能性ありますよね」

私はこの話が大好きで、いろんなところで言いふらしていた。彼女のユーモアもいいし、大女優の傲慢さもあっぱれだ。

そして二十年たち、大女優はますますふくよかになられた。が、彼女の方もかなりのキャリアを積み、今では大女優から、

「先生、先生」

と言われているらしい。めでたし、めでたし。

最近彼女のこのエピソードがどうしてこんなに刺さってくるのか、ふと考えることがある。それは、

「私がエラくなったら」

という願望が、人間の根源的、かつ普遍的なものだとしみじみわかってきたからであろう。私は今でも、エバる人が大嫌い。特に力の弱い人たちに向かって、パワハラ、セクハラする人たちは許せないと思う。

売れないコピーライターをしていた時、それこそつらい思いをいっぱいした。ギャラを払ってもらえなかったこともあるし、約束をすっぽかされたことなんてしょっちゅう。

幸い、といおうか、私にそういう魅力が皆無だったため、セクハラというのにはあったことがないが、パワハラは数多く受けた。

有名スタイリストに、ゴミのように扱われたことは忘れられない。泣きながら夜道を歩き、あの友人の脚本家と同じことを神に祈った。

「どうか私をえらい人にしてください」

それから三年後、私はえらい人になったわけではないが、初めて書いた本がベストセラーになってやたらマスコミに出るようになった。

ついにはCMにも。その時、プロデューサーが連れてきたのが、あのスタイリストだったのである。

「ハヤシさん、久しぶりねー」

とニコニコしていた。その時の私は、我ながらエラかったと思う。さらににこやかに、

「その節はお世話になりました」

と頭を下げたのである。

まあ、こんなことをくどくど言っても仕方ない。

「若い頃の苦労は買ってでもしろ」

と言われる、その言葉に間違いはない。それによって、人を思いやる心も出るし、人の心の襞《ひだ》というのもわかる。とはいうものの、苦労した人というのは、一種のアクのよ

うなものがしみ出ているのは本当。人の心がわかり過ぎて、先手先手をうってしまうのだ。

だから私は、お嬢さま育ちの、のほほーんとした人に惹かれるのかもしれない。ふつうの奥さんたちと話すのも、とても楽しく飽きない。

屈託がない人たちというのは、明るくてまっすぐである。

ところでつい最近のこと、一通の手紙を受け取った。それは亡くなった作家・森村桂《かつら》さんの熱狂的なファンの方からである（男性）。

森村桂さんといえば、今の若い人はご存知ないかもしれない。七〇年代、八〇年代に、非常に人気のあった方である。このあいだ逝かれた大林宣彦《のぶひこ》監督に「天国にいちばん近い島」という作品があるが、この原作を書いたのが森村さん。他にもNHKの朝ドラ「あしたこそ」の原作者でもある。

冒険心にとんだ若い女性の生き方を書いて、小説もエッセイも次々とヒットしたっけ。本屋には特設コーナーもあった。

中年になられてからは、軽井沢にお店を出し、そこでお菓子をつくっていらした。そのお店に二度ほどうかがったことがあるが、

「よく来てくださったわね」

と大歓迎してくださった。

その森村さんが亡くなったのは、今から十五年ほど前。まだしっかりしていた私の母が、

「そういえば、昔、マリちゃんがファンレター出したら、森村さん年賀状くださったわね！」

としんみりと言い、そのことをこの連載に書いた。実は森村さん本人にも伝えてなかったが、私は中学二年生の頃、かなり長いファンレターを書いているのだ。

前置きが長くなったが、この手紙が最近「杉並区立郷土博物館」で発見されたのである。杉並区ゆかりの作家ということで、森村桂さんのコーナーが展示された。遺されたものの中に、私の手紙があったのだが、学芸員の方が、

「本当に林真理子が書いたものか」

とそのファンの方に相談したらしい。便せんを撮った写真も同封されていた。他愛のない内容で、

「私はいつか森村桂さんのお菓子屋さんの店長になりたい」

というもの、そして最後に、

「アネキ　大好き！」

と書いてあり赤面した。

が、半世紀前のこの手紙に、森村さんは○印をつけずっと保存してくださっていたの

だ。

当時の気構えや野心が、時をへて解凍されたような感じ。私はお菓子なんてまるで興味がなかった。ただ大好きな作家の気をひきたかっただけだったのだ……。

楽しいムダ

アンジャッシュの渡部建さんが、スキャンダルを起こした。それもかなりどぎついやつ。

コロナによる自粛で、疲れきっていた人々は大喜びである。毎日、毎日、感染がどうした、夜の街が危険、とか辛気くさいニュースばかり。そこに降ってわいたような人気者の不倫話、しかも奥さんは超美人の佐々木希《のぞみ》ちゃんときている。

私は渡部さんには会ったことがないが、彼の名前はいたるところで聞いた。やっと行けた半年待ちのフレンチやお鮨屋でも、

「渡部さんにも喜んでいただいて」

などという言葉を聞き、本当にいろんなところに来ているんだなあと感心したものだ。

それにしても、ワイドショーのコメンテーターの話を聞いていると、

「何を今さら、こんなことを言ってるんだ」

ともの書きの私など噴き出しそう。

「配偶者に不満があるから、人は不倫するんです」

なんて本気で言ってる。中には、

「奥さんがあまりにも素晴らし過ぎるから」

と意見を述べる人も。

私などまわりの男の人たちを見ていると、

「人は呼吸するように不倫をする」

という人がいっぱいいる。奥さんがどれほど素敵だろうが賢かろうが関係ないのだ。

たいていの人が、バレずにうまくやっているのは、同じくらいのリスクを背負う人を相手に選んでいるから。きちんとしたところに勤める女性とか、人妻なんかがそうですね。

私の友人などは、

「若いコはおっかない」

と言いながらも、心と体が欲する時があるようだ。このあいだ食事の席に、子どもを産んだばかりだという若い女性を連れてきていた。あんなおじさんのどこがいいのか本当にわからないが、彼によると、

「冒険心を充たしてやっているから」

だそうだ。

とにかくいちばんいけないのは、女性への敬意をはらわないことだ。

昔クリントン大統領の不倫が発覚して、全米が大騒ぎしていた時、ある識者が書いていた。

「体の中に葉巻を入れたりと、そういうモノ扱いされると女性は絶対に許さない」

渡部さんもコレにあたる。多目的トイレなんかでされたら、女性は許さないでしょう。文春にチクりたくもなってくる。

お金持ちの有名人ならば、ちゃんとホテルのスイートルームをとり、シャンパンでも用意すべきなのに。

いや、渡部さんはもともと、そういう嗜好なのだろう。痴漢と同じで、人に見つかったらどうしよう……というスリルがお好きだったような気がする。

まあ、不倫のことをくどくど書いても仕方ない。している人の数だけドラマと事情がある。他人があれこれ言ってもせんないことである。

そんなことよりも、

「六本木ヒルズの多目的トイレ」

と聞いて、私はなるほどーっとうなったのである。

六本木ヒルズの地下の駐車場から階段を上がり、地上に出ていく際、不思議な大きな空間がひろがっているのを、私は何度も見ているからだ。ショップもなくがらーんとしている。曲面の壁が続いている。もちろん、人は誰もいない。

「随分ムダな空間だなあー」

しかしムダではあるが、なにか圧倒されるものがある。あそこでムラムラする人がいても、そう驚かないかも。

「ムダな空間」は、いたるところにあり、赤坂のとあるビルの最上階は、店と店との間に、テニスコート二面ぐらいの空間があるのだ。初めてエレベーターを降りた人はびっくりする。

「ここは何ですか？」

一等地にある、ピカピカの高層オフィスビルに拡がる謎の空間。どうしてレストランをつくらないのか、隣りのお店の人もわからないという。

さて、私が思うに「ムダな空間」がいちばん多いのは、なんといってもホテルであろう。たいていのホテルで、一階や地下にアーケードが続いているが、お客が入っているのを見たことがない。

私は帝国ホテルに早めに着き、地下をぶらぶら歩くのが大好き。買えないけれど、宝石屋さんのウインドウを見て、外国人客のための骨董品もチェック。そして「とらや」の茶寮でおやつを食べる。ここは上のラウンジと違い、いつも空いている。店員さんがとても親切。

ニューオータニは、それこそ「空間天国」だ。本館から別館へ行くまでの通路は、一階から地下に降りると、誰も歩いていない、長ーい廊下が続く。一度迷ってコワくなったぐらいだ。

オフィスタワーに続くあたりも、人気《ひとけ》がない。それなのにしゃれたカフェが突然あったりして私の好きな場所だ。しかもあの庭園！　タダで誰でも入れるのである。

最近の外資系のホテルと違い、日本の一流ホテルは、本当にいい時代につくられたのであろう。すべてがゆったりと大まかにつくられている。あちこちに「ムダな空間」がいっぱいある。

つい先日のこと。東京アラートはまだ発令されている。私は心配になりニューオータニに足を向けた。

コーヒーハウスはちゃんと営業していたものの客はまばらだ。それよりも一階の宴会フロアは、薄暗くてだだっ広いただの空間になっていた。「ムダな空間」とただの空間は違う。「ムダ」は余裕あるお金持ちだけが出来ることだ。早くこちらも人がいきかい、あかりがつくふつうの空間になってほしい。ふつうの空間があるからこそ、ムダな空間が出来るのだから。

ふつうの夫婦が存在するからこそ、ムダな関係、不倫が生まれる。ムダは楽しい、ムダは気持ちいい。だからみんな含み笑いをしながらその話題を口にする。

「風と共に去りぬ」のトゲ

アメリカ・ミネソタ州ミネアポリス市で黒人男性が白人警官に首を押さえつけられて死亡した事件をきっかけに、今、アメリカが大変なことになっている。

アフリカ系のオバマ大統領もいたことだし、アメリカの黒人差別は、長い年月かけて、かなりやわらいでいるはずと思っていた私は、なんと呑気なことであったろうか。

毎日アメリカ各地で、大規模な抗議デモが行われている。トランプ大統領が例によって強気なものだから静まる気配がない。

そしてこのアメリカ全土を揺るがしている出来ごとが、まさか私の仕事にも影響を及ぼすとは、全く予想しないことであった。

私は二年前からある雑誌で、「風と共に去りぬ」の超訳をしているのである。

思えば「風と共に去りぬ」は、私を作家へと導いてくれた小説であった。中学二年生の時に、河出のグリーン版「世界文学全集」で読み、

「世の中に、こんな面白い小説があったのか！」

と目が醒めるような思いをした。たまたま甲府の映画館で、「風と共に去りぬ」のリバイバル版を観たものだからたまらない。

なんといおうか、未開人（これも差別用語か）が、突然強壮剤を百本飲んだようなもの。効き過ぎて、効き過ぎて、小説と現実の区別がつかなくなってしまったのである。

夜、布団に入る時は幸せだ。空想の中で、スカーレット・オハラになることが出来る。が、朝になり、うちの節穴だらけの天井を見ると私は知るのだ。自分が田舎の、何の取りえもない女の子だということを。そして悲しくてさめざめと泣いてしまう……ということを、いろんなところで書いたり言ったりしていたら、五年ぐらい前に出版社の人がやってきた。

「『風と共に去りぬ』の著作権がマーガレット・ミッチェル死後六十年以上たったので切れます」

すると印税がかからなくなるんだそうだ。

「ですからハヤシさん、新訳をお願いします」

ということで引き受けたのであるが、私のことだから、だらだらと三年ぐらいほったらかしにしていた。その間に鴻巣《こうのす》友季子《ゆきこ》さんとかの素晴らしい訳も出たし、

「もう私、いいんじゃないですか？」

とお伺いをたてたところ、

「何言ってるんですか！」

　と叱られてしまった。

　ご想像のとおり、私の能力で翻訳が出来るわけがない。それでは今までの本からテキトーに、などということも許されるわけもない。出版社は、いちから「風と共に去りぬ」の新しい下訳をやってもらっているのだ。その方のためにも、私はちゃんと書かなくてはいけないのである。

　いろいろ苦慮した結果、ふつうに訳したとしても、すでに新しいものがいくつか出ている。思いきって、スカーレットを第一人称にして書き始めた。

　やってみると、「風と共に去りぬ」の小説としての魅力が、つくづくわかる。まずそれぞれのキャラクターが素晴らしいし、時代設定の考証がよく出来ているのだ。子どもの頃から「風共オタク」であった私は、映画のパンフレットや記事を集めていたから、作者が南部の古老から、食事のメニューや着るものはもちろん、プロポーズを受ける作法まで聞いていたと知っている。

　一部では「風俗小説」と軽く見る向きもあるらしいが、日本の純文学を代表する作家、川上弘美さんも、

「『風と共に去りぬ』大好き。作家として毎年一回は読みます」

　ということで、対談をしたこともある。

さてこの「風と共に去りぬ」が、いまアメリカで、奴隷制度を容認するものとして、糾《きゅう》弾《だん》されているのだ。映画の配信も停止になった。本当に驚いてしまう。

「小説ってそういうもんじゃないでしょ。その時代の情勢や空気を描くものなんだから仕方ないでしょ」

と言うのは簡単であるが、小説を生んだ国の方々がノーと言ったら、極東のいち物書きなど口をはさめないような……。

出版社の方からも、

「ハヤシさん、本にする時、いろいろ表現を変えた方がいいかもしれませんね」

あたかも今回は、南北戦争の最中、食うや食わずの暮らしをしているスカーレットに対し、近所の老婦人が毅然として語るシーンがある。

「私はもう怖れるということを知らないの。クリーク族の反乱の時、家を焼かれ、私は藪の中から、姉と兄が頭の皮を剝がれるのを見てた。そして私の母も引きずり出され、殺されて頭の皮を剝がれるのを」

昔は、インディアン、ひどいと読んだ箇所であるが、今ではこんなつっ込みも。

「その前に白人は、彼らの土地を奪ってさんざん殺したのでは」

現在のアメリカの出来事が、私の読み方を変えてしまったのも事実である。

実はこの「つっ込み」を、以前から日本の名作によくしていた。

山本周五郎の「日本婦道記」は、「こんなのアリか？」と思うようになった。少女の頃読んで結構好きだった、室生《むろう》犀星《さいせい》の「杏《あんず》っ子」は、「昭和の奇書」ととらえる。娘に彼女の夫のワルグチをいろいろ言って、男とはと解説する父親に、

「その前に娘を働かせろ！」

私は憤然として本を置いた。

名作をそんな風に読むな、と言われるのはわかっている。しかし、世の中がこれほど変わっている中、男が女を描く描写は、女性読者に小さなトゲをばらまくのではないか。読み終わった時に、そのトゲを忘れるのが本当の名作というものではなかろうか。

私の「風と共に去りぬ」は、今読んでも男女のトゲはない。あるのは人種差別のトゲだけ。何とかうまく処理して、多くの人に読んでもらいたいものだ。なぜって本当に面白い小説だから。

新しい生活様式

コロナの影響は未だに続いていて、〆切りの窮屈さは変わらない。

私は超アナログの手書き派なので、編集の人たちも大変なのだ。

「自宅にFAXで送ってください」

リモート勤務の人から言われたが、家庭用のFAXに、いちどきに三十枚送りつけるのは大変だ。少しずつ少しずつ、時間をおいて送るのである。

この週刊文春の担当者からも、はっきり言いわたされた。

「ハヤシさん、〆切り日の夜は困ります。オペレーターの人や校閲さんが六時に帰るので、四時までには必ず送ってくださいね」

自粛中の時はそれでもよかった。しかし今日のスケジュールをいうと、朝の九時に美容院に行き、十一時からジムでパーソナルトレーニングを受ける。そして二時から銀座で対談だ。

「そんなわけで、四時っていうのは無理かも。それにもうそろそろ、四時シバリなくてもいいんじゃない？」

と担当者に聞いたら、そんなの、困りますとのこと。

「四時は絶対に守ってください」

ということで、ジムの帰りに文藝春秋に寄ったというわけ。

最近ここに来たことがないので、ドキドキしてしまう。ちょっと前まで近くに来たら寄って、一階の談話室でお茶を飲み、みんなとぺちゃくちゃお喋りをした。が、コロナが始まってからみんなギスギスしだして、とても立ち寄るような雰囲気ではない。それに何といおうか、今や日本のスキャンダルが一手に集まる殿堂と化していて、廊下には、

「週刊文春〇月〇日号完売！」

などと書かれたビラがいっぱい貼られている。最近は渡部建氏も告白するために来社したとか。私が緊張するのはあたり前であろう。

とにかくあんまり人のいない編集部に行き、大きなテーブルに座った。

「ここで書くので、原稿用紙を」

瞬間、その場にいた人たちは、みんな顔を見合わせたのである。重苦しい空気が漂う。

「ここには、原稿用紙なんてものはありません……」

「えー!?」

このあいだまであった、文藝春秋と社名が入った原稿用紙は、とっくになくなっても

うこの世にはないというのだ。

「だけど、あそこにあるかも……」

などとみんながゴソゴソ探し出してくれ、ようやく黄ばんだ原稿用紙が見つかった。

こうして書いているわけであるが、なんかせつなくてせつなくて、涙が出てきそう。

「そうかあ、世の中、本当に変わってしまったのね」

これとは意味が違うが、政府は、「新しい生活様式」という言葉をよく使う。コロナの前と後では、いろんなことが変わっていくということらしい。

今日、久しぶりに地下鉄に乗った。この三カ月はほとんどうちにいて、出かけてもスーパーぐらいだったのだ。きっと新しいルールが出来ているはずだとあたりを見わたす。

確かに吊り革につかまっている人は少ない。私も手すりに触れないように、ずっと体のバランスをとっていたのであるが、大きく揺れた拍子にしっかりつかんでしまった。口惜しい。

だが、嬉しいことが起こっている。本を読む人がぐっと増えているではないか。見ていると中年以上の男性が、一列に二人くらい単行本を手にしていた。きっと自粛中に読書の習慣が戻ったんだ。よかった、よかった。

そのうち私は、なんとなく自分自身に違和感をおぼえた。そう、傘をきちんとたたむのを忘れていて、だらしなくひろげたままだったのである。うっかりしてしまった。あたりを見わたすと、マナーなんか全く知らなそうな若い男の子も、しっかりたたんで細くしている。

いくら空いている電車でも、私はものすごく非常識なことをしている、と思ったのは、坂上忍さんのエッセイを読んだばかりだったからに違いない。

文春ではない週刊誌に、坂上さんがエッセイを連載していらっしゃるのであるが、その中で、性質《たち》が悪い、こういうことをする人とは友だちになりたくないと二つのことをあげている。

そのひとつが傘立ての中に、そのまんまつっ込む人だそうだ。他のお客が見たら、なんとだらしない会社だと思われる。

「それ以前の問題なの。初歩的な礼儀ってヤツですよ！」

私は坂上さんとおめにかかったこともないし、これから友だちになるとも思えないけれども、この指摘はグサッときた。なぜなら、コンビニの傘立てに、私はいつもそのまつっ込むからだ。すぐにさして出ていくのだし、という気持ちの緩みが、電車の中でも傘をきちんとたたむのを忘れさせてしまったのである。

ものすごく反省した。

そしてもうひとつ、坂上さんは嫌いなことをあげていらっしゃった。それが、私が時たますることなのである。

トイレットペーパーを使いきったのに、新しいものを装着しない人。次の人のことを考えない、なんてイヤな人間なんだろうと坂上さんはおっしゃっていて、私は胸がドキリとした。

しかし私にも言い分がある。曲がった金具にひっかけるだけのタイプだったら、私ももちろんちゃんと装着しますよ。しかし時々であるが、プラスチックのバネ式のものがある。ペーパーの穴にとおし、うまく縮めてバネを利用して固定する。が、不器用な私は、これがどうしても出来ないのである、何度か、トイレットペーパーがはじかれ、トイレの床にころがったことも。ゆえに私は次の人に任すことに。

ごめんなさい、なんだか古い生活様式も新しい生活様式もうまく出来ていない。もしかすると私は、非常識な人間なんだろうか。

人気者

東京の感染者は、再びすごい勢いで増え始め、今日はついに百人を超した。

しかし私たちは、もう後ろを振り向くことはない。そう、ウィズ・コロナ。

「これだけ用心を重ねても、増えるものは仕方ない。死亡者が出ないようにして、出来るだけふつうに暮らそう」

ディズニーランドもついに営業を再開したし、お芝居もソーシャル・ディスタンスを保ちながら始まる。

このあいだは映画を観に行ったら、広い劇場に五人しかいなくてびっくりだが、とにかく映画館も開いた。

飲食店も再開し、私は本当に嬉しかった。私も多くの食いしん坊のように、テイクアウトやお取り寄せをいっぱいしてきたのである。

そしてついこのあいだ、

「ハヤシさん、お鮨のおいしいお店見つけたからどう？」

とA氏からLINEをもらった。私は迷いながらOKをする。

このページにも書いたのであるが、私はコロナ禍を機に、生活を変えようと決心していた。二月まではひどい生活だった。

月曜から金曜まで、外食のスケジュールがぎっしりと入る。土曜日も夫と外に食べに出る。まるでゲームのように、有名店や話題の店の席をとった。新しい店でこんなところがあると聞くと、すばやくチェック。また私のまわりには、名だたる食通がいるので、その方たちの誘いも多い。

ご馳走になることもたびたびだが、こちらもお返しをする。若い人たちにご馳走するし、食事代の額はとんでもないことになった。体重ははね上がり、夫婦仲は悪くなるばかり。

自粛生活を機に、こういう食生活とはおさらばしようとしていたのであるが、六月になってから急にお誘いが増えたではないか。

最初の頃、私の決心は固く、

「このままだと糖尿病になると、お医者さんから言われています」

と断わっていたものだ。

とはいうものの、初夏の風と共に、

「おいしいコハダ食べようよ、シンコも出てきたよ」

という言葉についつられてしまうの……。

などということをA氏に話した。すると彼も、

「わかるよー」

と頷いた。実はＩＴ関係の会社を経営するA氏とは、昔からの知り合いであるが、個人的に食事をするのは初めてだ。

何かの拍子に、

「僕ぐらいエンゲル係数の高い人間はいない」

と言うので、俄然興味を持ったのである。

いろんなところの社外取締役もするA氏は、当然お金持ち。

「そんなはずないでしょう」

と笑ったら、

「いや、収入以上に食べてる、ホント」

なんかすごく気が合いそう。

話がそれるようであるが、私がA氏のことをいいなあと思ったのは、二年前のこと。共通の知り合いが、海外の有名レストランを日本にオープンさせた。

正式なおひろめ前に、八人ほどが招待を受けたのだ。次々とお皿が運ばれてくるが、凝り過ぎていて、

「ふーむ」

という感じ。

終わり頃、オーナーであるさるＶＩＰが私たちに尋ねた。

「いかがでしたか」

私など小心者なので、味の組み合わせが新鮮、とか何とか口をもごもごさせたが、Ａ氏は、

「この金額と味ではリピーターは来ません」

ときっぱり。私はそれ以来尊敬と好意を持っているのである。

二人で日本酒を飲みながら、貝をあれこれつまむ。Ａ氏の食べ物に関する話は面白く嫌味がない。ちなみにあのレストランは閉店したそうである。

「ハヤシさん、僕は最近ものすごくショックなことがあったんだ」

「えっ、何？」

「僕の考えだと、食べることが好きな男にスケベはいない。それなのに渡部建があんなことをしてくれたんで、僕の定理は間違っていたかと悩んでるんだ」

「いや、それはないんじゃないかなあ。私の友人で、女性が大好きという人は何人かいるけど、みんな食べるの大好きだよ」

「本当に食べるのが好きなのかなあ」

そういえば、彼らはワインの講釈をいろいろ垂れるが、食べ物はそうでもないかもしれない。時々お気に入りの店に連れていってもらうが、

「えっ、どうして？」

ということがある。

「純粋に食べることが好きな男だと、若くてキレイな女の子なんかよりも、ハヤシさんみたいな人と食べたいもん」

悪かったね。

「いや、いや、僕はさ、あんまり食べなかったり、料理の写真をバシバシ撮るような女性とは、二度と食事したいと思わないもん」

そう、私がいろんな人から誘われるのもこの大食いのせいがあるに違いない。

しかしもうじきこの生活が終わりを告げるかも。

先週、自粛以来初めて三枝成彰《さえぐさしげあき》さんに会ったら、すっかりスリムになっていた。お医者さんに処方してもらう薬と指導で、食欲がウソのようになくなるとか。

自分がいいと思うことは、人に勧めずにはいられない三枝さんは、

「それでこのあいだ先生に頼んできたよ。僕の友だちのハヤシマリコさんとか△△○○さん（やはりデブ）も診てくださいって。オッケーだって。だからすぐに予約してね」

そんなわけで、私の人気ももうじき凋落《ちょうらく》するはずである。しばらくはうちで、地味に

過ごすことになりそうだ。

WHOのワルグチ

河井克行前法相、案里参院議員夫妻が逮捕された。選挙の際にお金をバラまいていたとか。最初の報道では、

「ウグイス嬢に規定の二倍の報酬を渡した」

ということなので、このページで庇《かば》った。

「それがトップニュースになるの？　これでご飯でも食べて、ということじゃないの」

あれは氷山の一角だったというわけか。本当に残念である。

案里議員は、おしゃれセンスもよく頭も切れそうな女性と見た。山尾志桜里《しおり》さんもそうであるが、目立つ女性議員はどうして男性関係やお金で足元を掬《すく》われるのであろうか。

そこへいくと、二期目の当選を果した小池百合子都知事は、絶対にボロを出さない。上手にかいくぐっていく。あれはすごいものだと思う、素直に。

ところでコロナ禍で、日本中が本当に苦しんでいる。いくら何でも、もう悪いことは起こらないと思っていたら、今度の集中豪雨だ。毎日目を覆いたくなるような映像がテ

レビで流れている。

　学者さんが言うには、日本は自然災害ワーストワンの国だそうだ。狭い弓なりの列島に、山あり河は流れ、雨はじゃんじゃん降ってくる。その雨の降り方も尋常ではない。十年前とまるで違う降り方だそうだ。

　だったらもう、橋から住宅地からすべて見直さなければならないのではなかろうか。先進国でワーストワン、などというのは恥ずかしい話である。

　先進国といえば、アメリカのトランプさんが大変なことになっているではないか。なんとＷＨＯを脱退するという。

　人種差別をし、教養もないマッチョ感覚のトランプさんはどうしても好きになれないが、これに関しては、ちょっとわかるような気もしてきた。あのテドロス事務局長というのは、首をかしげることばかり。「テドロスの泥船」と私は名づけた（人気ドラマ「テセウスの船」のタイトルを思い出してほしい）。何をやっても、ずぶずぶと中国という沼の中に入ってしまう。

　それに、

「お前、ふざけんなよー」

　と声をあげたのがトランプさんだったわけだ。アメリカ大統領の行動としては、子どものケンカのようだとも思うが、胸がスカッとしたのも確か。

私の友人もトランプさんが大嫌いであるが、

「オバマさんみたいに、知的で哲学的な大統領は、結局何にも出来なかったしなあ。戦略的忍耐とか言って、北朝鮮にも何もしなかったし」

が、中国が多少おとなしくなったとしても、トランプさんがさらに居座れば、アメリカ国内はさらにめちゃくちゃなことになるだろう。

まさに「コロナと経済活性化の両立」ぐらいむずかしい問題だ。

と、ここまで書いて私はふと考えた。WHOのワルグチなんか書いたりしてはいけない。私はかなりWHOさんのお世話になっているのだ。

今から十年ほど前、私はジュネーブに向かった。WHOが舞台として出てくる小説を書くためである。日本人のドクターに、中をじっくり案内していただいたっけ。日本人でWHOの内部に行った人は、そう多くないに違いない。ちょっと自慢。立派な建物だったのは当たり前であるが、地下の倉庫に、何十万人分ものワクチンや薬品が備えられているさまは壮観であった。

庭に面したカフェテリアのこともよく憶えている。いろんな国の職員がいて、フランス語や英語で喋り合いながらランチをとっていたっけ。そこへ行く途中の一角で、何人かの写真が飾られているのを見つけた。WHOの恩人たちだという。笹川良一さんのお写真を見つけてびっくりだ。なんでもハンセン病撲滅《ぼくめつ》のため、莫大な援助をなさったということだ。

「ハヤシさんも、いっぱい寄付してくれたら、ここに写真を飾ってあげますよ」

と冗談を言われたが、今は中国人の写真が増えていることであろう。

こんなイヤ味を口にしたくなるのも、香港へのやり方があまりにもひどいから。

大好きだった香港。しょっちゅう行っていたっけ。買物はノータックスのうえに、日本にないものもどっさり。お料理はなんでもおいしい。

昨年も遊びに行ってきたばかりだ。デモが心配だったので、ホテルはマカオにしたが、ショッピングと飲茶《ヤムチャ》は香港で。

それはそれは楽しかった。もうあの香港は戻ってこないのかと思うと、悲しくて涙が出そう。自由という果実を知った人たちに、中国政府は嫉妬しているんだろうか……。

そして私は思い出す。香港に向かったのである。今から二十三年前の七月一日。返還の日をこの目で見ようと、香港に向かったのである。当然街中お祭り騒ぎ。花火が上がり皆の顔は喜びにあふれていた。

海上にはイギリスの王室専用船が停泊し、時計が夜の十二時を過ぎた時、イギリスの香港総督が、ご家族と一緒に乗り移った。その時、美しい金髪の令嬢が、涙をぬぐっていたのを今でもよく思い出す。

あの日こんなメッセージも出された。

「我々は美しく優しい義母の胸を離れて、これから厳しい実母のもとに行くのか」

実母は実母でも、しばらく養子に行っていたわが子が気にくわないらしい。あまりといえばあまりの仕打ちで、私は毎日胸が張りさけそうなのである。

と、この原稿を夜中に途中まで書き、朝起きてスマホを見たら、なんとジュネーブからLINEが。あのWHOのえらいドクターからであった。七年ぶりぐらいで、携帯番号からLINEが繋がったのだ。

内容はどうということのない近況だが、テドロスさんのワルグチを書いた直後だけにドキッとした。

しかし私、結構現場に行ってると思いません？　昔ラスベガスで、トランプさんと廊下でばったり会ったこともあるし。

プロとコロナ

昨日の直木賞選考会は、コロナのため大事をとり、いつもと違う形で行われた。まず開始が午後二時で、食事はなくさっと終える。いつもはたくさん詰めかけている記者の人たちは、別の会場で待機してもらう。

選考は大広間で行われ、各委員の間には大きなアクリル板が設置されていた。すべてがよく配慮されて、慎重に慎重を重ねている。さすがと私はすっかり感心してしまった。もしもここで感染者を出したりしたら、伝統ある文学賞に傷がつくと考えていたのだろう。

そこへいくと、このあいだの劇場クラスターはお粗末だったなあ。

歌舞伎も八月から再開される。多くの劇場関係者は、もし何かあったらどうしようと、薄氷を踏むような思いだったに違いない。もし一人でも感染者を出したら、

「ほら、だからやっぱり劇場はいけないんだ」

ということになる。

それなのに、若いイケメンが売りものの公演では、お客さんと握手したり、ハグしたりしたというのである。

私もあの劇場に何度か行ったことがあるが、本当に狭い。若い人たちによる実験的なものが多く上演される。たぶん予算もなかっただろう。物販もしたかっただろう。それにしても、劇場側が何度も注意をしたにもかかわらず、グッズを入り口で売ったというのだ。開催側にもうちょっとものを考える大人がいたらと思わずにはいられない。

ところで話が変わるようであるが、夕方、人と会うために表参道に行くことに。電車で行ってもよかったのであるが、渡された地図がよくわからない。タクシーを呼ぶ。シートに腰かけたとたん、いやーな予感がした。後ろから見てもよぼよぼのお爺さんだった。

「近くて申しわけないんですが、表参道なんです。それから初めての場所なんで、ナビを入れていただけませんか」

「はい、はい」

動き始めて私はびっくりした。ナビの女性の声が大きく車内に響きわたるではないか。

「次、右に曲がってください」

「このまままっすぐ行ってください」

これってプロの仕事としていかがなものであろうか。

しかもこのナビは、ものすごい遠まわりを命じる。井の頭通り、表参道とまっすぐ行き、根津美術館のやや手前を左に入ったところにその店はあった。慣れた運転手さんだと、うちからひたすらまっすぐに走り、

「お客さん、ここは一通だから左に入れないけど、歩いてすぐですよ」

と、信号のところで降ろしてくれたろう。

しかしナビは、なんと南青山三丁目まで行き、大きくUターンをして表参道まで戻るように指示する。

「運転手さん、これって、ものすごく遠まわりじゃないですか！」

「そうだねぇ……」

運転手さんも認めたぐらい。結局その店の前まで行くことは出来ない地点で降ろされたのである！

いや、いや、運転手さんを責めるのは間違っている、と私は反省した。電車に乗らなかったり、自分でちゃんと地図を見なかったこちらの責任であろう。今の世の中、ラクチンしたり、人にやってもらうと、ものすごくお金がかかるようになっているのだ。

今、流行りのナントカイーツというのを、頼んでみることにした。デパ地下に行けば、おそらく八百円ぐらいのフライドチキンが、四千五百円もした。それだけでもムッとするのに、配達の人にチップを上乗せするかどうかの問い合わせがきた。私としては、雨

の中、ひと皿のためにわざわざ届けてくれたし、とても感じがよかったので、つい五百円を押してしまった。となると、なんと五千円のフライドチキン、ということになる。釈然としない。

まあ、ナントカイーツは、コロナで仕事を失くした人たちを、応援するという意味合いもあると考えることにしよう。

このあいだ、ある有名歌舞伎役者の方のブログがネットの記事になっていた。運転中に見かけたナントカイーツの配達員が、有力な芝居関係者で、とてもショックを受けたという。なんかせつない話である。

コロナはあいかわらず猛威をふるっているが、私たちも外に出ていかないわけにはいかない。作家は、居職《いじょく》のようで居職ではなく、取材という作業があるのだ。

最近やっと裁判所が動き出した。それが私とどういう関係があるかというと、いま他誌で連載中の小説の中でもうじき法廷シーンが出てくるのである。はっきり言って、私のいちばん苦手な分野だ。出来たら行きたくはない。誰かに行ってきてもらいたい。が、私とてプロ意識というものがある。来週すぐ、弁護士さん二人と地裁に行くことになっているのだ。

おととい は、弁護士事務所で、訴訟の基礎のレクチャーを受けた。むずかしくて涙が出そう。自由業とて、自分の好きなことばかりやっているわけではないのである。

いま、歌手や俳優の人たちが本当に大変なことになっている。多くの人たちが、収入が激減して、生活の危機に瀕しているのであるが、政府の対応だけでなく、世間も冷たい。その根底には、

「好きなことをしているんだから、仕事が失くなった、ビンボーになったからといって文句を言うな」

という考えがあるような気がする。

好きなことをして食べていける人はほんのひと握りである。芸能界でもアートの世界でも、ひと握りの上の人たちが富を得て、楽しそうにしているかもしれない。そしてその下で九割の人たちが、自分の夢と生活とを葛藤させている。こうした社会を持続できることが、国の文化であり、度量であるのではないか。プロじゃない老いた運転手さんも、のんびり仕事出来る国であってほしいし。

コロナの分断

感染者が毎日、すごい勢いで増えている。

しかし多くの人々が、三月、四月の時ほどの危機感を持っていないのではないだろうか。

「死者は出てないし」

「若い人の軽症者ばかり」

といろんな言いわけを持っている。

「経済活動を再開すれば、こんなもんじゃないの」

と言う人もいる。

「夜の街に行かなければいいんじゃないの」

という意見も少なくない。

「新宿のホストクラブとか、キャバクラに行かなければ大丈夫」

これは間違いだそうで、今や新宿がどうのこうのという問題ではないそうだ。

私の友人は、このあいだ一緒にタクシーに乗ったら、わざわざマスクをはずして、それからクシャミをした。

「信じられない……」

抗議したら、

「私はかかってないもん」

平然と言ってのけるのには驚いた。

実は仲間の中にも、信念を持ってマスクをしない人が何人もいる。

「コロナで死んだのは、たった千人じゃないか。インフルエンザで、毎年その三倍死んでるんだ！」

「こんなコロナごときで、政府も国民も怯えるな。今にこの何倍もの自殺者が出るのがわからないのか」

「これで芸術はすべて死ぬぞ。それでいいのか」

「こういう〝右にならえ〟っていうこと自体、ムシズが走るんだ！」

とこのあいだの会食でも、みんな怒りの声をあげていた。しかもいっせいに皆が喋るので、私はすっかり怖くなってきた。途中で帰った人も何人か。

その前に会場に入った私は、換気状態を見て、

「ちょっとまずいかも。これだと三密かも」

と心配になった。そうしたら横にいた一人が、

「大丈夫。この私がコロナになるはずないじゃないの」

運がいい私がそんな災難に陥るわけないでしょう、ということらしい。この根拠のない自信は、いったいどこから来るんだろうか。すごい……。

そういう人たちに、今週の「ザ・ノンフィクション」を見せてやりたかった。

日曜日の午後に放映される、このドキュメンタリー番組が私は大好き。大家族とか、売れないホストとかがよく出てくる。そう私がずっと気にしている〝美奈子〟もこの番組の常連だ。

今週はなんと子どもが十三人という大阪の家族の物語である。お父さんは居酒屋を経営していて、子どもたちは高校を卒業すると、みんな店で働くことになっているそうだ。

「家族は一枚岩。少しでもヒビが入ったらアカン」

というのがお父さんの口癖だ。とはいうものの、造反者は出る。長男は親に反抗して家を出ていったし、ナイーブで成績のよい三男は、

「大学に行きたかった」

といじいじ。

「そんなら一人で暮らしてみい」

とポンと百万円をお財布から抜くお父さんは、いかにも浪花《なにわ》のゴッドファーザー。巨

体を揺らしながら、派手な格好で毎日店にやってくる。

ところがこのお父さんが、突然コロナにかかってしまった。これには取材陣もびっくりしたに違いない。大家族ものをやるつもりが、急きょコロナのドキュメンタリーになってしまったのだ。

しかもお父さんはどんどん重症化していく。人工呼吸器をつけている最中、スマホの動画を自撮りし、

「みんな仲良くやるんやで」

と遺言みたいなものを残していく。そしてついに最終のエクモ治療に突入。その直前、ズームで、家族と対面する。すべて家族が撮影しているのだが、こんな臨場感のある映像は初めてだ。今までもコロナの重症者がテレビに出たことがあるが、ほとんどが白人だったので今ひとつ現実感がなかった。

しかし今回は違う。元気で太ってた五十五歳のお父さんが、呼吸器をつけ「苦しい、苦しい」とうなっている。エクモ治療になると、もはや自分の生命力との勝負だそうだ。

失礼ながら、お母さんと同じように私も覚悟を決めていたのであるが、お父さんは奇跡的に生還。よかった、と喜んだのもつかの間、車椅子に乗っているお父さんは、表情が正常ではない。目がうつろ。一カ月のエクモで、現実と夢との区別がつかなくなっている。リハビリの結果、やっと元に戻るのであるが、あの姿を見て心の底からコロナが

怖いと思った。私がふつうの人より、このドキュメンタリーを見て、恐怖を感じたのには理由がある。それはお父さんの肥満ぶりである。

太った人は、コロナが重症化しやすい、というのは本当なんだろう。全く同じ怖さを味わったことがある。今から五十年前、映画「ポセイドン・アドベンチャー」を観た時。ひっくり返った豪華客船の底から、人々が脱出する物語だ。死ぬのは誰か。中にコロコロ太ったおばさんがいた。水の中を潜ったり、火の中を走ったりしなくてはならない。きっとこのおばさんが死ぬんだろうなあ、と思ったらやはりそうだった。自分のことのように胸がドキドキした。あれ以来、災難が起こった時、肥満はリスクを負うということが深く心に刻まれたのだ。

だから私はコロナが怖い。絶対にかかりたくない。こういう私を仲間は小心者と思うだろう。コロナによってつくられた分断は経済的格差ではない。コロナに対する姿勢なのである。

ワルグチの根元

ワイドショーのコメンテーターというのは、そこそこ有名な人がやるものだと思っていた。

しかし詳しい人が言うには、単にプロデューサーの知り合い、という人もレギュラーになれるらしい。

そしてごくまれであるが、背筋がざわっとするような人が登場してくることもある。私はこのあいだまで、某出版社のカリスマ編集者とかいうのが出てくるたびにチャンネルを変えていたが、セクハラ問題で降板してくれて本当によかった。

だけどもう一人残っている。外見、態度が尋常ではない。最初見た時から、ヤダッと心が拒否していた。

2ちゃんねるの元管理人だと。こういう人が表に出てくるのは間違っている。人の心の暗黒を集める仕事を始めたんだったら、一生陽のあたる場所に出てくるべきではない。同じように「噂の真相」の元編集者の肩書きで、平気で雑誌に書いている女性ライタ

―もいるけれど、彼女もそう。

「裏社会を歩きます」

と決めたんだったら、それを貫くか、全く別の仕事をするかだ。

私の友人で有名人の女性は、あることをきっかけにネットでのあまりの中傷に、

「明日死のう。どうやって死のうか」

という気持ちで、毎日を生きてきたという。

が、反対に別の友人は、

「私はマゾだから時々は見る」

自分の名前を探して、

「ブス、ババア、消えろ」

という言葉を笑って見るそうだ。

が、世の中、こんなに強い人ばかりではない。

木村花さんの自殺をきっかけに、あまりにもひどい中傷を書いた人を、特定しやすくなるよう法改正されるようだ。その前から、有名人が訴えるケースも出てきた。しかしたいていは和解で終わってしまうのが残念だ。

闘病中の堀ちえみさんに向かって、

「死ねば良かったのに」

とか書き込んだ女性が、ワイドショーに答えていた。もちろん顔を隠されている。子どももいるふつうの奥さんだと。体型が私みたいにだらしない。安っぽいワンピースをだらっと着ている。

「みんな書いてるじゃない」

などと言っていたが、こういう人はちゃんと顔と名前を出すべきだと私は思う。後に書類送検されたらしいが。

ところで、人にはある欲求があるような気がする。

それは、見も知らぬ他人のくせに、どうしてこちらのことをそんなに憎むのか、嫌うのか、一度会って聞いてみたい。どんな人なのか、姿カタチを見てみたい。じっくり話したいという思いだ。

今から五年前のことだ。取材のために海外に行くことになった。編集者、カメラマン、ライターと成田で待ち合わせした。それにもう一人、旅行会社の社長さんもついてきてくださることになった。よく出版社とのタイアップを手がけているところだそうだ。

四十代の彼と五分も話しているうちに、すぐに私は気づいた。

「もしかして、あちらの方かしら？」

「だけど、まあ、よくあることだし気づかないふりしよう」

編集者とひそひそ言っていたのであるが、かの国に着き、国境を越えるため車で三時間ぺちゃくちゃ話しているうち、彼は突然カミングアウトした。

「マリコお姉さま〜！」

と私のことを呼び、

「私を今日から妹にして〜」

と言い出したのである。その後はずうっとおネエっぽい彼の長いお喋りが続く。

「マリコお姉さまがこんなにいい人なんて。A子のやつって、本当に嘘つきよね」

小さな出版社の、雑誌の副編集長だという。

「私が今度の旅行のことを話したら、ハヤシマリコなんかと海外行くなんて、大変なことになるわよ。絶対にやめなさいって止められたの」

私は時々編集者と海外取材に行くが、失礼なことをした憶えはない。そもそもA子さんという人に会ったことがない。

「会わなくたっていいわよ！　有名人のワルロ言ってさ、勘違いしてる女よ」

しかしこのことは深く心に刻まれた。ちょっと傷ついた。陰でそんなこと言われてるなんて。

そして旅行から半年後、某スターのコンサートに出かけた時のこと。招待客は始まる前に、挨拶をするので楽屋に向かう。

私は仲のいい女性編集者とお招きを受け、楽屋に案内された。名札がかかっていて四

人部屋らしい。やがて女性が二人入ってきて、一人は、

「ハヤシさんですよね」

と名刺を差し出した。もう一人はしまったという顔に一瞬なり、その後は全く無視しようとする。同じ部屋にいるのに。この人がA子さんだとやがて気づいた。

ここから先、私が意地悪くねちねちと話しかけたことは書かない方がいいだろう。一緒にいた編集者から、

「ハヤシさんもおとな気ない。あんな業界のチンピラどうだっていいじゃないですか」

と呆れられたぐらいだ。

ところで私はネット音痴なので、自分のワルグチの見方がよくわからない。が、時々は飛んで、じっくり読むこともある。私が受賞したり、目立つ行事に参加したりすると、ワルグチの数はぐんとはねあがる。

「林真理子なんて何の実績もない。何ひとつ書いていない」

しつこく書く人がいる。私は百冊以上の小説を書いているが、この方が「読んでくださる」ほどのものは一冊も書いていないということらしい。

ぜひお会いして、どうして一冊も読んでくださらないのか、それなのになぜ私のことを気にしてネットに書き続けるのか、一度聞いてみたいと心から願っている。

帰省は楽しい

夏休み、学生は帰省していいのか、悪いのか。この原稿を書いている八月の初旬、政府の見解は微妙に分かれている。

テレビのニュースで、学生寮に住んでいる男子学生がぼやく。

「ＧｏＴｏキャンペーンはして、学生は帰るな、なんて。ちょっと納得できないです。うちに帰りたい気持ちはあるんですが、親に迷惑かけられないし……」

これを見ていた夫が、

「そんなの、自分で決めろーっての。帰りたきゃ帰ればいいし、帰らないって決めたら、帰らなきゃいいだろ」

などと言っていたが、これは田舎を持たない東京人の意見であろう。

地方には、〝ご近所の目〟というものがある。これはルールにのっとったことをしないととてもうるさい。帰省は遠慮して、と政府に決められた最中、息子や娘の姿をご近所さんに見られたら、何かと言われるに決まっているのだ。

このあいだまで感染者ゼロの岩手県は必死だった。もし自分が県内で最初の感染者になったら、

「もうここには住んでいられないかも」

とインタビューで答えている人がいた。雑貨屋では、フェイスシールドをつけたおじいさんとおばあさんがソーシャルディスタンスをはかり、

「コロナ気をつけねばな」

なんて東北弁で言い合っていたのは、ほのぼのとしたコントを見ているようだった。が、ついに感染者が出て、それから数を増やしている。みなさん、コロナが怖いことは怖いだろうが、ホッと肩の荷を下ろしたような気分になってもいるに違いない。

それにしても、学校にも行けず、都会でつらい生活をおくっている学生の皆さん、帰省したい気持ちは山々であろう。

帰省……、こう書くと甘酸っぱい思いがこみあげてくる。

毎年七月の半ば、新宿発の列車に乗ると同級生も何人か乗ってくる。ボックスシートに座って、あれこれお喋り。そんなに親しくもなかった、別のクラスの男の子とも結構話し込んだ。みんな他愛ないミエを張る。いかに自分が東京に慣れてすごいところに出入りしているかをだ。中にはバイト先で芸能人と会い、それどころか言葉をかわした者もいて、

「すごいじゃん」

と皆の賞賛を浴びる。恋人が出来たコは、写真を見せて自慢したものだ。そして駅に着くと、夏休みは遊ぼうね、と約束して別れるのだ。

昔のことだから、バーベキューなんてものはしなかったが、花火大会や近くのプールに泳ぎにいったりするのだ。

そして女の子たちは気づく。何も東京で背伸びしなくても、故郷を共にする男の子でいいじゃん。前に比べればずっとカッコよくなったしと、短い夏の恋が始まるのだ。中にはそのまま結婚した同級生も何組かいた。

在学当時からつき合ったということではなく（まだ高校生の男女交際にはうるさい時代だ）、同窓会や帰省がきっかけで、というもの。

高校時代とても仲がよかった友人は、私と違って成績がよく、国立進学クラスに入っていた。そして山梨大学在学中、東京の一流大学に進んだクラスメイトと、まさしく夏の同窓会でめぐり合った。そしてめでたく結婚。

「同じ山梨の人と結婚するなんていいねぇ」

と母がよく言っていたものだ。関西勤務になった弟が、当地の女性と結婚した頃か。同じ故郷ならば、しょっちゅう二人で帰ってくることになるのに、ということらしい。

何年か前、このページでドバイに旅行したことを書いたら、その友人から連絡があった。今、夫の仕事の関係でドバイに住んでいる、会えなくて残念だったと。

あんな田舎の高校生だった私たちが、中東の地で出会ったかもしれないと思うと感慨無量である……。

まあ、帰省しなくても、夏は若い人たちの心に恋の種を蒔く。それは陽ざしによってすくすく育つことになっているのであるが、今年はコロナによってたくさんの種が失われてしまった。そもそもの問題として、その前に新入生はキャンパスで友人と出会っていないのだ。これはなんと可哀想なことであろう。

つらつら昔のことを思い出すに、大学一年生の四月、五月といえば、人生でいちばん楽しい時であった。新入生クラブ勧誘の集い、チラシ、パフォーマンス、新歓コンパに、オリエンテーションキャンプ。

すぐにカップルが出来て、すったもんだあったりしたのもいい思い出。

最近、大学生の五割が借りるという奨学金の重さが、大きな社会問題になっている。多額の借金を抱え、バイトを掛け持ちする学生が、その窮状を訴えるテレビ番組を見るたび、

「学校行きながらこんなに働くなんて！」

とびっくりしてしまう。

「こんなに多額な借金背負って大丈夫なのかな。いっそ進学しない方がラクだったので

は」

しかし、とまた思う。自分の楽しかった大学生活、あの輝くような四月や五月のキャンパスが甦ると、あれを味わいたいと考えるのは、若者なら当然のことだ。どんなことをしても手に入れたいと考えるのはあたり前だよなあと、同情的になるのである。

池上彰さんが先日の新聞に書いていらした。アメリカの私立大学の多くは、莫大な寄付をしてくれた人の子弟を入学させるのは珍しくない。なぜならその寄付によって、貧しい学生が学べるからと割り切っているからだそうだ。その背景には、入学しても相当勉強しないと卒業出来ないアメリカの大学システムがあるという。

日本も正々堂々と億単位の寄付をいただく、そして貧乏な学生にまわす。こんなことがいつか可能になればいいのにと、考えるようになった。

大学生活は楽しいもの。この楽しさがあるから帰省も素敵なものになる。大学を自慢し合えない帰省は、ただの移動にすぎないはず。

お盆はつらいよ

運ばれるトラックから逃げ出し、高速道路を歩き、そして息絶えた豚のことは、深く私の心に刺さった。ネットでもかなりの反響であった。

殺されることがわかっていたとは思えない。豚は、ぎゅうぎゅう詰めの状況からただ逃れたかっただけなのだ。そして降りたのは灼熱の道路であった。おそらく火傷《やけど》するような熱さであったに違いない。

その上を豚はひたすら歩いた。ひっぱり上げ、冷房のきいた車内に入れ、水をくれる人はいなかった。そんなアメリカ映画のようなことが起こるわけはない。

おそらく疲れと日射病で死んだ豚さん。その間の怖さとつらさを考えると胸がつぶれる……。

こんなに感情移入するのは、お盆の間ずうっとうちにいて、それがかなり苦痛だったからだろう。

自粛の時は、ずうっとうちにいるのがそれほどイヤではなかった。もともともの書きは、引きこもり気質。本もたくさん読んで仕事もはかどった。

しかしそろそろ会食も増えてきた今日この頃、九日間の休みがものすごくつらかった。

「どこかにいきたいよー」

コロナ関連でニュースの画面に、沖縄の海が出てくるたびに、

「沖縄行きたい、行きたい！　サーターアンダギー、沖縄そば食べたい。町に出ないから、何もしないで、ずうっとホテルから海を見ていたいよー」

と心の中で叫んでいた。

この暑い中、どこにも出かけず、狭いうちの中に朝から晩までいる。時間がいくらでもあると、なぜか本が面白くない。ぼーっとテレビを見ていると、

「テレビばっか見て」

と夫に嫌味を言われる。その前は、

「みんな外行くのを我慢してるんだ」

と怒鳴られた。感じが悪い。コロナというのは、配偶者との関係をしっかりとあぶり出した……。

ところで沖縄といえば、ここに行ったばかりに石田純一さんが叩かれている。緊急事態宣言中、飛行機に乗って沖縄へ行ったというのだ。

最近は芸能人が次々とコロナに感染し、もうそれほど珍しいことではない。それなのに石田さんばかりいろいろ言われる。回復してからも尾行して、

「どこそこで食べてた。女性もいた」

とあること無いこと書きまくる。

私は石田さんとは以前三、四度お会いしたぐらい。親しい、というわけではないが、見たとおりの優しい感じのいい方である。一緒に飲んだこともないが、シンパシイを感じるのは、石田さんが私と同い齢のせいだろう。

私は行ったことがないけれど、何年か前、昭和二十九年生まれの会というのがあり、総理になる前の安倍さんやユーミン、石田さんなんかが集まっていたらしい。六十六歳といえば、社会では年寄りの部類に入るかもしれないが、ここのメンバーは社会の第一線に立っていてすごい。

それなのに今回、私がすごくイヤだったのは石田さんのことが報道されるたび、

「もう高齢なのに、どうしてこんな無茶をするんでしょうかね」

「年齢から考えると、相当危険ですよねー」

というフレーズが繰り返されること。なんか石田さんを批判したり、ワルグチ言う時に、「高齢だから」とつけ加えて心配するフリをする、それがとても不愉快であった。

私たちそんなに年寄りなの、と言いたくなってくる。

そうしているうち、安倍総理の体調が思わしくないらしく、大学病院に検査に行ったらしいというので大ニュースになった。

総理だから仕方ないとはいえ、国会内で歩いている様子をずっとチェックされているではないか。確かに足取りが重く、曲がる時に壁に手を突いたりしている。

私のように、クーラーの効いた部屋で、一日中のんびりだらだら過ごしているわけではない。まあ、この状況下、大変だろうが、一国の宰相、踏んばってくださいと思うのは、やはり同い齢だからであろう。

不思議なことに、石田さんの場合は、あれほど「高齢者」「年寄りのくせに」と言われるのであるが、総理の場合、「高齢」という言葉はまるで出てこない。それは芸能界と永田町の差だろう。

ちなみに途中で政権を渡すのではとささやかれる麻生副総理は現在七十九歳、次期総理を狙う菅さんは七十一歳である。そこへいくと、安倍さんの六十六歳というのは、年寄りの部類に入らないらしい。

永田町がすごいというべきか、芸能界が厳しいというべきか、たぶんどちらもあたっているはず。

時々テレビに、昔、二枚目の代表格だった方々が出てきて、びっくりすることがある。どうしてこんなことに、と唖然とすることがしょっちゅう。

そういう方々に共通するのは、真黒に染めた髪と、ヘンに若づくりの服。目にアイライン入れてたりして。

俳優さんで年をとっても生き残り、今も活躍しているのは、老いをちゃんと自覚している方たちだ。白髪と髭があるかないかがポイントになる。

役所広司さん、奥田瑛二さんなんかを思いうかべてほしい。寺尾聰《あきら》さんも年とってからますますいい感じ。私たちが若い頃、「ハンサム」の代名詞であった近藤正臣さんは、白髪になってから名優の座についた。

が、女優さんは別。老いに身をまかせないでほしい。何をしてもいいから、いつまでも若く美しくいてね、と私は祈るような気持ちで毎日画面を見続けているのである。

まるごと
マリコ

待ってました

先ほど山梨からお客さんがあった。

どういうお客かというと、山梨県立文学館の学芸員の方で、図録のゲラを持ってきてくださったのである。

これは宣伝となって恐縮であるが、九月十一日から、山梨県立文学館で「まるごと林真理子展」が開催されることとなった。存命の作家単独では初めてのことだそうだ。

我ながら図録を見ていると本当に面白い。太ったり痩せたりしている。コスプレというか、いろんな格好をしていて、この人、何の仕事かと思う。日本舞踊の八重垣姫や、文士劇のドレス、銀座一日ママとして、渡辺淳一先生の横に座ったりしている。

まあ、いろんなことをやってきた。いちばん見どころがあるのが、手書きの原稿ドカーン、一千枚の小説の原稿が積まれているさまは、かなりの迫力だ。パソコンだとこうはいくまい。

しかし字が本当に汚い。しかも原稿の第一ページは、丸く囲んである箇所が二つも、

「この地名よろしく」

「この年代調べて、お願い」

ということでマス目が空いてるのだ。お恥ずかしい。

そしてこの図録の中で、ページをさいているのが「着物」。実際私の着物好きを反映した展示がされるらしい。

この度、着物愛が再び燃え上がったのは、コロナのせいである。

上野の博物館の「きもの」展を見に行った帰り、ふと思った。

「二〇二〇年の夏は、もう二度とやってこないんだ。それなのにこのまま終わってしまうなんてイヤ」

八十五歳の知り合いの方も、いみじくも言った。

「私にとって健康で、どこにでも動きまわれる残り少ない日々。その大切な一年がコロナで奪われたのよ」

そう、自粛でどこにも行かないうちに、私の大切な夏がもういってしまう……。

「着物着ましょ。出来る限り着ましょ」

一緒に行った仲よしのA子さんと誓い合ったのである。

それからというもの、お食事のお誘いにも着物で行くようにした。上布を着ていく。

上布というのは麻のことで、夏の贅沢な着物である。

絽《ろ》と違って正式なところには着ていけない。ちょっとした普段着になるのであるが、この普段着がとても高いのである。

たとえば新潟の魚沼地方で織られる越後上布は、三十年前に買った時の二倍の値段がつく。もうつくり手がいないのだ。しかし外に着ていっても、まずわかる人はいないだろう。

「でもいいんですよ。着物って自己満足ですから」

A子さんは言う。彼女は私よりもずっと若いが、お子さんが成人したら毎日着物で暮らすつもりだそうだ。

このA子さんと私、着物を着る夏が続いた。

二人で二日続けて歌舞伎に行く。五カ月ぶりに再開した歌舞伎座は、四部制をとっていて、一時間上演すると、一時間半休みをとり中を消毒する徹底ぶり。だから二演目見たい場合は、二日間行かなくてはならないのである。

その日の私のおべべは、藍の宮古上布。これは二十数年前、宮古島で買ったものだ。麻の葉模様のこの着物が私は大好きで、夏によく着ている。おかげでしんなりしてとても着やすい。

昔は島の呉服店で安くふつうに売られていたが、今は現物を見ることがほとんどなくなっている。

そしてA子さんはとても素敵な八重山上布だ。昨年私が、仕事で石垣島に行ったことは前に書いたと思う。実はこの時、私は一反の八重山上布を手に入れていたのである。八重山上布も絶滅の危機に瀕しているが、知り合いに連れていってもらった工房のショップの片隅で、ひっそりと売られていた。

女店主が引き出しの奥から取り出したのが、凝った模様の見事な八重山上布だ。他のものとはまるで違う。

「八十六歳のおばあちゃんが、これだけは売りたくないってしまってたけど、お孫さんの大学入学の費用にしたいと……。まず、こんなものは二度と織られることはないでしょうね……」

とか言われると、どうしても欲しくなってくる。のけぞるような値段であったが、後から振り込みます、ということで手に入れ東京に戻ってきた。

その日はちょうどA子さんに会うことになっていた。お鮨屋さんで反物を見せ自慢する。

「これ、見て、見て……」

わっ、すごいと歓声があがった。

「だけど支払いのことを思うと暗くなるの。当分苦しむはず……」

するとA子さんがおそるおそるといった感じで言ったのである。

「あの、私に譲ってもらえませんか」

その方がずっとよかった。まだ若く美しい彼女に、南国の香りの上布は本当によく似合っていたのだ。

そして、二人お気に入りの着物で、お芝居を見る。日本の女に生まれた幸せ。

歌舞伎座は一席おきに座るから、観客は半分になる。私語も禁止で、こんなにシーンとした歌舞伎座は初めてだ。しかし誰もが、

「半分の客ならば、二倍の拍手を」

という思いであったに違いない。劇場は次第に盛り上がっていく。勘九郎さんは久しぶりに見たら、お父さんそっくりになっていた。声も姿も、あの愛敬ある表情も似ていた。コミカルな「棒しばり」に、遠慮がちではあるが劇場に笑いが充ちていく。ああ、歌舞伎ってこんなに面白かったのかと、しみじみ思った。

気がつくとA子さんが泣いている。

「この自粛の間、役者さんたちがどんな気持ちでいたかと思うと……」

私たちも待ち続けていました、という気持ちを、着物であらわしたんだよね。

コロナに負けるな

安倍さんがご病気で、辞任されることになった。

評価はいろいろと分かれるに違いないが、今日び、安倍さん本当にお疲れさまでした、などと言おうものなら、いっせいに石が飛んでくることになっている。

なんでもユーミンが、ラジオで、

「安倍夫妻とは仲よしで、価値観が同じ」

とか言ったら、大学の先生が、

「荒井由実のまま夭折すべきだった。早く死んだほうがいいと思いますよ。本人の名誉のために」

と批判したらしい。

最近は右の方々もかなり過激だが、左の方々もかなりすごいことになっている。荒井由実のまま亡くなっていたら、私たちは「守ってあげたい」も「ノーサイド」も「春よ、来い」も聞けなかったんですよ！　ふざけんな！　と言いつつ、私もいろいろ考えてしまう。

右からも左からも叩かれない書き方って、この世にあるだろうか。

「さまざまな問題も残ったが、外交には一応の成果があった」

なんて書くのが無難か。

しかし、思い出してほしい。総理大臣がそれこそ一年交代で代わったあの頃のことを。世界の誰もが、日本の総理大臣を知らなかった。

しかし今はある程度のレベルの人なら、みんな「プライム・ミニスター・アベ」を知っている。アメリカ人ならシンゾーか。

トランプ大統領から「シンゾー、シンゾー」と親しく呼ばれていた安倍さん。最近これほどアメリカ大統領と仲がよかった総理は珍しい。

外見もよかったと正直に言おう。総理大臣になる人は、やはり背が高くてそれなりの容姿でいてほしいと考えるのはいけないことだろうか。

サミットをはじめとする国際会議で、あまりにも見劣りするトップだとちょっと悲しい。歴代の総理で私の中でいちばん点数が高いのは、このあいだ亡くなられた中曽根康弘さんであった。小泉純一郎さんも悪くない。そして最近では断トツによかったのが安倍さんであった。身のこなしに品があり、スマートだ。石破茂さんは人気が高いが、サミットの列に並ぶ姿が、あまり想像出来ない……。

そして何だかんだしているうちに、日本の総理は菅さんでキマリらしい。菅さんは冷徹な政治家というイメージがあったが、最近はテレビのインタビューで時々お笑いになる。今朝のワイドショーで、

「家内を説得するのがいちばん大変でした」

とにっこりされた。その顔がとても可愛らしくびっくりだ。イメージアップを狙っているんだろうか。

この方はすごい苦労人で、集団就職で上京されたと聞き、かなり好意を抱いてしまった。ダンボール工場で働きながら、大学の夜間に通ったという。

ふうーん、お坊ちゃまの安倍さんとは対照的だ。こういう経歴を聞くと、

「貧しい人たちの痛みがわかる政治を」

と必ず書かれるだろうが、まあ、政治というのはそれほど単純ではあるまい。いろいろなしがらみをかいくぐった菅さんは、きっと老獪《ろうかい》な処世術を身につけているはず。

奥さんはまだマスコミにお出にならないが、たぶんふつうの地味な、賢夫人ではなかろうか。いやいや、そうとは限らない。このあいださるパーティーで、遠くからある政治家夫人を見て、派手な外見に少々驚いたことがある。その政治家も、菅さんに負けず劣らず苦労人として知られているからだ。

ある程度成功してから結婚されたのか。

それとも自分と真逆なタイプがお好きなのかといろいろ考える私。

いずれにしても、もうアッキーのようなファーストレディは二度と現れないだろう。若く魅力的で、国民をハラハラさせた。何年か後、多くの人たちは昭恵夫人のことを懐かしく思い出すことだろう。楽しかったなあと。

「シンゾーとアッキーの時代」。コロナが来るまでは、オリンピックが決まってどこかみんなうきうきしていたっけ。景気はいいんだか悪いんだかわからないまま、株は上がり、街はインバウンドの人たちで溢れていた。

コロナさえなかったら、安倍さんはこれほど体力を消耗することもなかったに違いない。私としては憲法改正は困るが、格差を拡げてしまったことの跡始末をしてくださるだろうと期待していた。

が、コロナがすべてを変えてしまった。

この頃街を歩くと、

「コロナには負けない！」

という文字の看板に出会う。

はたしてどういう意味なのか、と私は立ち止まる。コロナに感染しないようにしよう、ということか。しかしどれほど手洗いして、人前に出ないようにしても、感染する時は感染する、というのは周知のとおり。

それではコロナに負けない、楽しい有意義な生活をしようということか。これがかなりむずかしい。

私の友人は、コロナによって仕事が減り時間が出来た。これを機に、古典を読み直すという。英会話にもう一度チャレンジする人も多いらしく、テレビにはそのテのＣＭがいっぱいだ。

しかしみんな立派すぎて、なんだかなあという感じ。

私の友人は、コロナ関連の株をいくつか買ったそうだ。ワクチンの開発が成功すれば、すごい勢いで上がりそうなものばかり。これならば、毎朝新聞を読むのが楽しいかもしれない。

私はといえば、コロナが死因ではないが、知っている人が、たて続けに亡くなり、

「人間はいつか死ぬものだ」

ということを思いきり実感した。が、そう暗くない無常感。あっという間に十年がすぎ、二十年を迎え、コロナも思い出に変わるはず。人間の一生ははかない。はかないからこそ本気で生きて、本気で楽しもうと考える。これも「コロナに負けない」であろう。

松茸の集い

暑いことは暑いが、空気が澄んできた。雲の形も違う。

食欲はいつもあるが、秋になるともう歯止めがきかないという感じ。

このところ食費がものすごくかさんでいる。なぜならば、洋服や着物をほとんど買わなくなった。もちろん旅行にも行けない。

「せめておいしいものを食べよう。おいしいお酒を飲もう」

という気持ちは高まるばかり。

そんなわけで、「松茸の集い」という神をも怖れぬ誘いについのってしまった私。

埼玉の奥の方に、日本一の松茸屋さんがある、という噂は昔から耳にしてきた。なんでも全国からよりすぐられた松茸が、そこの店に集まるという。

毎年九月、十月になると、私のまわりの食いしん坊の友人たちは、電車で、あるいは車でその店に向かう。なんでも、もうイヤッ、というぐらい松茸が出てくるそうだ。

そのすごさたるや、帰りのタクシーの中で、

「お客さん、松茸のにおいがプンプンしますねー」

と運転手さんに驚かれるぐらいだという。

私も何回か誘われたが、遠いのと高そうなのでいつも断わっていた。

しかし先週のこと、お金持ちで美食家の友だちが、

「特別にうちにきてもらうから、松茸の集いをしない？」

と声をかけてくれた。一人分の値段をきいたら思っていたよりも高くない。そんなわけで、名高いその松茸専門店の料理をいただくことにしたのである。

前日、近所の和食屋さんに行ったら、カウンターに大きな松茸が。カサが開いていて大きくて、あまり国産っぽくない。

「どこの松茸ですか」

と聞いたら、中国雲南省だという。

「雲南か……」

以前、雑誌を見ていたら「雲南」の特集をしていた。初めて知ったのであるが、雲南はキノコの聖地だという。ありとあらゆる種類のキノコが市場に運ばれてくる。その写真は壮観だった。キノコの海、海。さまざまな色が波うっている。

イタリアに輸出するポルチーニ茸、もちろん松茸も日本に運ばれる。みんな野生だ。この松茸があの雲南からやってきたかと思うと、なんだか嬉しくなった。若い店主は、

松茸を芯にしてハモの身で巻いた、ロール状のものを、網で焼いて食べさせてくれる。松茸の香りが閉じ込められ、なかなかの美味であった。

そういえば、台北に行けば必ず行く雲南料理のお店がある。グリーンピースをただやわらかく煮たお皿とかが本当においしい。

もし自由に海外に行けるようになったら、まず行きたいのは台湾だよな。どうかあのお店が、変わらずに繁盛していますようにと、私は松茸でちょっとセンチメンタルな気分になった。

そして次の日、いよいよ松茸の本番である。私は赤白ワインを二本持って、友人の自宅に向かった。それがまた、一等地に立つ松茸みたいなマンション！　エントランスなんか気後れがしてしまうくらい立派だ。コンシェルジュの女性がパーティールームに案内してくれた。

この頃の豪華マンションというのは、住民が使うための厨房付きの広ーい部屋があるのだ。

「うちでもよかったんだけど、火を使うし、においが残るからこっちにしたの」

と、友人の奥さん。

広いテーブルの上の長火鉢には、炭が赤々と燃えている。今日は松茸屋さんのご主人が、私たち四人のためだけに、松茸尽くしの料理を出してくれるのだ。

ざるの上には、それはそれは見事な形をした松茸が。きゅっとしまっている。ちなみに今日使われる松茸は、一人一・一キロになるそうだ。

「岩手県山田町のものです」

東日本大震災で大きな被害を受けたところだ。一度行ったことがある。もう松茸がとれるようになったのか。あの光景を見ている者としては感慨深いものがある。

またもや感傷的になる私の前で、薄く切られた松茸が焼かれていく。表面からじわじわと透明な汁がにじみ出ていく。

「まずはこの松茸からすすってください」

ちゅっと吸ってみると甘いのである。

この松茸は特丸と呼ばれるもの。中丸もある。

「昔から日本は大切なものに、丸をつけましたからね。船の○○丸、自分の息子にも○○丸」

このご主人は松茸博士と呼ばれ、テレビにも出たことがあるそうだ。話がとても面白い。今年は長雨の最中は豊作であったが、猛暑の間に山が干からびてしまったとか。

京都だけで戦前は千二百トンあった収穫量が、平成二十九年は全国で十八トン。高くなるわけである。

「松茸の生えている場所は、子どもにも教えないそうですね」

「それは足で踏みつぶされたりするのを避けるためです」

そしてこんな話も。

「昔、刀を鍛えるために、赤松の炭を使いました。そのために赤松林は必要だったんです。しかし人を殺す道具をつくるためのもの。松林は死の林と呼ばれたんです」

知らなかった……。

「明治になり、赤松林は減る一方でしたが、とどめをさしたのはＧＨＱでしょう。あその政策で、日本中が杉林になったんですからね」

松茸にこんな歴史があるとは知らなかった。やがて松茸のすき焼き、松茸ごはんと続いたがそうたくさんは食べられるものではない。ご飯はもちろん、すき焼きの残ったお汁も、ビニール袋にいれてもらってきた。

次の日、親子丼にしてみたら、とんでもなく美味。ご飯にも松茸のにおいがしみこんで、幸せは二日続いたのである。

マリちゃん

菅内閣が誕生した。

先々週、菅さんのことを、

「集団就職で出てきて、大学は夜間」

と書き恥をかいた。本当は集団就職というのではないようだ。夜間というのはガセだったらしい。いろんなところでそう書いてあったが、失礼しました。

だが、奥さんが「真理子さん」というのは本当のようだ。私と同じ名前で同学年。この頃新聞や雑誌で「真理子夫人」という文字を見るたびドキッとしてしまう。

同時にかすかな親近感が。おそらくずっと「マリちゃん」と呼ばれてお育ちになったに違いない。

ところで東京の夜の街も規制が解けて、コロナのニュースもめっきり減った。というよりもみんな飽きてきた。

昨日私は大相撲観戦へ。テレビを見ればわかるように、今は砂かぶりをすべて取り払い、ひと枡《ます》にひとりという態勢をとっている。あまりにも席が少なくなったので、もう見に行くことは無理だろうなあと思っていたところ、プラチナチケットを突然いただいたのだ。

大喜びで国技館へ行ったところ、いつもとまるで違う。入り口にはテントが張られ、ソーシャル・ディスタンスをはかりながら入場する。

ロビイには消毒液が置かれ、体温を一人一人カメラがチェックする厳重さだ。お茶屋がすべてなくなっているのも淋しい。お土産は引換所でもらうことになっている。袋の上には私の大好きな焼きとりが。

「焼きとり、中で食べてもいいんですか」

「中は飲食ご遠慮いただいてます」

アルコールも絶対禁止。

注意は他にもいろいろあり、かけ声もNG。応援は拍手でしてくださいということである。

しかしこれだけではちょっと物足りない。贔屓の力士には、やはり何かしたい……。

最近の中継を見て私は知っている。観客は声援の替わりに、好きな力士のタオルを持ち、取組の時にそれを掲げるのだ。

売店へ行き、

「○○のタオルを二枚」

と頼んだ。もう一枚を一緒に行った友人に渡す。

「取組が始まったら、これをひろげてね」

中に入ったらびっくりだ。枡席のいちばん前ではないか。向こう正面の最前列。つまりずっとテレビに映っている席だ。マスクをしていて本当によかった。とはいうものの相撲に行くことを知っている友人何人かから、

「ハヤシさん、黒い服着てますね。バッチリ映ってます」

とＬＩＮＥが届く。中にはテレビに映る私の姿を送ってくれる人もいるが、気をつけなくてはならない。こんないい席でスマホを見ていると、ちょっとヒンシュクものである。

あたりを見てわかったのであるが、こんな時に国技館に来ている人は本当の相撲好きばかりだ。お年寄りの男性が多い。腕組みをして微動だにしない方ばかりである。観客は少ないし、声をかけるのは禁止されている。あたりはしーんとしてすごい緊張感だ。

いつもの、お酒を飲みお弁当を食べながら、ワイワイがやがやの観戦も楽しいが、こんな大相撲もいいかも。文字どおり、手に汗握るスポーツ観戦となった。

力士のお腹をパーンパーンと叩く音があたりに響く。行司さんの「待ったなし」の声

もはっきりと聞こえる。

やがて私の大好きな力士が入ってきた。

「綺麗なお相撲さんですね……」

隣りの枡席の友人が言う。そう、力士は美男じゃなきゃ。

「タオル、お願いしますよ」

嬉しいことに彼はねばりにねばって白星をあげた。やったね、とタオルを小刻みに動かす私たち。この姿はばっちりテレビに映っていたそうだ。よかった、よかった。

歌舞伎もお相撲も、コンサートも、少人数であるが少しずつ動き出している。

一時コロナで開催は無理かと思われていた「まるごと林真理子展」のオープニングが、先週金曜日行なわれた。

来た人はその広さと規模に驚く。どうやら、ちょっとしたコーナーぐらいに思っていたらしい。等身大のマリコと写真を撮れる、フォトスポットもつくられている。

中でも目をひくのは、正面の二枚のイブニングドレスだ。一枚はミラノで買ったシャネル、もう一枚はベルサイユ宮殿の晩餐会に招かれた時、森英恵先生につくっていただいた真赤なドレス。

これがいちばん驚かれるかも。

「ハヤシさん、昔は痩せてたんですねえ……」

あの時、ミラノスカラ座での取材の前、現地で買ったのだ。当時私は飛び込みで買って OKの体型を保っていた。シャネルのドレスも、今のようにとんでもない値段でなかった。スーツの値段で買えた。ああ、懐かしい……。

懐かしいといえば、来てくれた編集者たちと、私の地元のお鮨屋に行った時のこと。二階の宴会のお客さんたちが入っていく。その中の一人に話しかけられた。

「マリちゃんじゃない？」

なんとA君ではないか！　五十五年ぶりの再会だ。素敵な紳士になっている。田舎の小学校で、歯科医のお坊ちゃまだった彼だけが、半ズボンをはいていた。私の初恋の人といいろいろなところで書いた。おかげで、私が結婚する時、相手に間違えられ週刊誌が来たそうである。

今はお父さんの跡を継いで、クリニックの院長をしているそうだ。やさしい笑顔は変わっていない。

「あーあ。こっちの人生もあったかも」

と私は深い感慨にとらわれたのである。初日にこんなことあるんですね。

「マリちゃん」

って久々に、男性から呼ばれた。

わかりません

はるか遠い昔、高校生の時であるが、頭が突然石になったことがある。

右から左へと話が通り過ぎるのではなく、耳のところで遮断されている感じ。意味が全くわからないのである。

早い話が、数学の授業についていけなくなったのだ。

数学の授業の内容がある日突然高度になり、方程式みたいなものが次々と出てきた。記号も次々と登場し、さらに複雑化。もうお手上げである。

答案用紙にそれらしきものを書いたら、答えは間違っていたが、先生がお情けで十八点くれた。百点満点で。

十八点！　生まれて初めての赤点である。私は自分で言うほどそう成績は悪くなく、中の中ぐらいは保っていたと思う。それなのに赤点なんて……。

しかも怖《おそろ》しい事実がわかった。赤点をとった者は、夏休み補習を受けることになったのである。

当時進学校だったその高校は、旧制二中の伝統を誇り、女子は一クラス十人もいない。各中学校から選《よ》りぬきの女子生徒がやってくる。よって赤点をとる、などという女子は、私ひとりになるはずだ。

あの粗雑な運動部の男の子たちに混じり、私ひとり夏休みの教室に通うことを考えたら、涙が出てきた。呑気な私でも、夜眠れないほど悩んだのである。

そしてクラスの中のある女子（失礼ながらそう成績がよくなかったかも）に打ち明けたら、彼女も実は……と言うではないか。

あの時の嬉しさ。

おそるおそる二人で、数学教師のところへおうかがいを立てに行ったところ、

「お前らはいい」

と言われ、私たちは手を取り合って喜んだ。

女子生徒が、落ちこぼれて男子と学ぶのを不憫に思ってくれたのだろう。

前置きが長くなった。

半世紀たち、あの時とそっくり同じことがこの身に起こっている。

そう、ＩＴに関することを聞くと、私の体はすぐさま硬直する。耳がすべてのことを拒否するのだ。

二つ齢下のハタケヤマは頼りにならない。私よりややマシぐらい。最初から業務放棄

している。

「トーゴーさんにやってもらってください」

の一点ばりである。

まるで親切心がない夫を持った苦しみなど人にはわかるまい。

「どうして同じことを聞くんだ。どうしてパスワードを入れる、なんて基礎が出来ないんだ」

とねちねちと三十分は言われる。

「いつも人に聞きゃいいっていう、その態度が気にくわないんだよ。自分でちっとも憶えようとしない。だから腹が立つんだ！」（かなり忠実に再録）

あれだけイヤな目にあえば、もう聞こうとは思わない。パソコンでズームしようなんて思わない。

が、私に救世主が現れた。たまたまお鮨屋のカウンターで隣りに座った、若い女性である。彼女はなんといおうか、ＩＴの天才、と私には思える。

キイを叩くと、あっという間に、私の眠っていたパソコンも、タブレットも息を吹き返した。

彼女がセッティングしてくれて、ズーム会議もズーム飲み会も出来るようになった。

しかも彼女は私のタブレットを点検し、

「ハヤシさん、これもったいないですよ、使ってないのにいろんな機能で、一カ月八千円もとられてます」

一緒に表参道のソフトバンクに行ってくれ、解約してくれたのだ。ちなみにこのタブレットは、

「どうせ使わないだろう」

と夫が自分の元で愛用しているものだ……。

私は契約社員の彼女をリクルートした。

「これから週に二回ぐらい、うちに来ていろいろやってくれない？」

「いいですよ」

しかしそんなにＩＴの仕事があるわけもなく、私が思いついたのは、

「二人でユーチューブをしよう」

私がぜひ読んでもらいたい大好きな本を勧め、ついでに自著も語る二部構成。

「千人ぐらいの、地味なもの。本当の本好きが見てくれたら充分。広告は入れない」

ということで静かーに始めた。狙いどおり（？）チャンネル登録者数は全然増えていないが、よかったらのぞいてください。

そして次に彼女と私が改革に取りかかったのは、大きなｉＰａｄの方である。これは三枝成彰さんから、

「Ｎｅｔｆｌｉｘの『全裸監督』をこれで見なよ」

と昨年に勧められたもの。三枝さんが激賞する「愛のコリーダ　フランス版」も入っている。すべて三枝さんの秘書が設定してくれ、当時は見られたのであるが、今はフリーズ。私がすべてのパスワードを忘れているからだ。

さすがの彼女も、あちこちいじったがわからないという。

「もう一度、設定してくれた人のところに持っていってください」

そんなわけで三枝さんの事務所に行ったついでに、秘書の方に渡したら、何のことはない、アカウントが共有になっていたのである。シゲアキ、マリコと名前が仲よく並んでいた。

それはいいとして、三枝さんの電話帳から、写真まで全部入っている。メールも見られる。動画も。いくら親しくてもこれはまずいでしょ。というわけで、このアカウントをいったん削除することに。

これをもってうちのＩＴ問題は解決した。もう夫には二度と頼らないもんね。

ところがここに来て、また問題が。テレビなんかコンセントを入れればいいと思っていたが、違うらしい。もう容量が足りない。Ｗｉ－Ｆｉがとばないとか何とか……。

「イッツコムじゃなくて、ヒカリに変えなきゃいけないんだが、それには工事が必要で……」

夫の長ーい説明が毎日続く。

意味がまるでわからないことを、聞くふりをすることのつらさ、わかっていただけるだろうか。

LINEはこわい

連載中の週刊誌の小説、その担当編集者たちでつくる「連載〇〇チーム」というグループLINEがある。

そこから、

「ハヤシさん、〆切りあさってです」

「今日はレクチャーでお疲れだと思いますが、よろしくお願いします」

「お原稿いただくの楽しみです」

「よろしくお願いします」

「あさって〆切り、お忘れなきようお願いします」

と五人からいっせいに催促のLINEが入る。

これがどれほどのプレッシャーか、おわかりいただけるだろうか。LINEのIDを教えたばかりに、ピーチクパーチク、いっせいに送信されるようになったのである。

私はこの頃、よくLINEについて考える。このことにとてもセンシティブになっているからだ。

世の中にはすぐ人のＬＩＮＥを聞ける人がいるが、私はとても慎重な方である。特に有名人に対してはあれこれ考える。

ある時、小さなレストランに行った。レストランといっても、そこはとても特殊なところだ。シェフが前に立ち料理をつくり、客は八人で半円を描いてそれを見守る形式だ。席はすごい争奪戦で、たいていは誰かが貸し切りにする。そして八つの席を知人にバラ売り、あるいは招待する。

友人から三席あるから一緒に行かない？　という連絡をもらい、夫と出かけた。すると二つおいた席に、今をときめく若い俳優さんがいらっしゃるではないか。

八人で並ぶ席だから当然言葉も交わす。今日は本当に楽しみです。スターなのにとても気さくな方で、

「食べることが大好きで、今日は本当に楽しみです」

ニコニコしている。そうしたら終わり頃、私の友人が、

「ＬＩＮＥやってますかァー」

とおねだり。するとちゃんと教えているではないか。

「いいな、いいなー。こんなこと許されるんだ」

私が指をくわえて見ていたら、夫が、

「君も頼んでみなさい」

と励ましてくれた。おそるおそる、

「あのー、私ともいいですか」

「いいですよ」

とにっこり。そして私は彼のＬＩＮＥを手に入れたのである。

しかしこれには続きがあり、

「昨日はありがとうございました」

「こちらこそ」

というやりとりの後、ブロックされてしまいました……。その何年か前、やはりイケメン人気俳優の方とお会いする機会があり、酔ったついでにＬＩＮＥも交換したが、すぐに既読スルーされた。それ以来、芸能人の方とは気楽にするものではないと固く自分をいましめている。傷つくのは私。

さてこのところ会食が続き、これまた会員制のフレンチのカウンターへ。美食家の友人が招待してくれ、私の隣りにはA氏が。俳優でアーティスト（イセヤ何とかさんではない）。私はこの方の大ファン。ずーっとＬＩＮＥを狙っているのであるが、この方はガードが固くて有名なのだ。

すると私の傍でスマホをいじり始めた。いろんな人のＬＩＮＥを見ている。しかし、

「私ともして」

の一言がどうしてもいえない。のぞき込むふりをして、

「待ち受けはやはり自分の作品ですか」

「そうですよ」

察してほしかったが、それで終わりであった。

友人のフリーの編集者のＢ子さんは、これまた若手スターのＣさんと仲よし。彼のめんどうを昔からみている。ある時、彼のポスターを撮りに海外に行った。食事をしている時、うるさいＢ子さんがトイレに立った隙に、スポンサーがＣさんとＬＩＮＥを交換したそうだ。それに気づいたＢ子さんは大激怒。その場で消させたという。

私もとても気をつけているつもりであるが、先週失敗してしまった。

喰い道楽の友人から、松茸を食べようと誘いを受けた。

「四人席をとったから、Ｄ子ちゃん誘ってね」

美人で有名なＤ子さん。もう一人は、

「Ｅさんがいいワイン持ってくるって」

Ｅさんというのは、誰でも知っている若き経営者と思っていただきたい。顔見知り程度で、ちゃんと話をするのは初めてだ。

彼の持ってきたワインは素晴らしく、松茸も美味しい。Ｄ子さんはワインの瓶を四本並べて写真を撮ろうとした。するとＥさんが、

「僕が今撮ったから写真送ってあげるよ。LINE交換しましょう」

とやり始めたのである。その時酔った私は、「あっ、私も、私も！」とスマホを取り出した。

その時友人が、

「僕が後でまとめますから」

とひと言。恥ずかしいと思いましたね。主催して招待してくれた人に断わりなく、その人が連れてきたVIPにLINE交換を迫る。これはやはりしてはいけない行為である。

が、私の友人は次の日、ちゃんとLINEグループをつくってくれた。ありがとうね。

ところで私はこのように気をつけているのに、全く頓着なく、LINE交換しようとするのは編集者である。最近は若手を連れてきて、名刺交換の後に、平気で、

「ハヤシさん、うちの△△ともLINEを」

なんて言う。まあ、仕事相手だから仕方ないですけどね。LINEは彼らにとって仕事のツールなのだ。が、冒頭のべたように、いっせいに〆切りを迫られるという弊害が。

これは本当につらい。

反対に好ましいのは、対談後、気が合って「LINE交換しましょうね」ということになる時。が、文化人の方が主で、芸能人の方は全くといっていいほどない。マネージ

ャーさんが見ている前で、それをするのはまず至難の業なのである。

めでたくついに

ついにこの連載がギネス世界記録として公式に認められた。

正式に、

「同一雑誌におけるエッセイの最多掲載回数」

としてギネス世界記録に載るのだ。

ついに、と書いたのはすごく長い時間かかったからである。記録をつくったのは昨年のことであるが、申請の準備から手続きまでものすごく時間がかかった。なんと二年がかりである。

申請書の他にも日本の大きな出版社のトップ二人の証言だの、私の二十年間における原稿料の証明、雑誌の印刷部数、私の戸籍謄本だのを、みんな本部に送り結果を待ったのだ。

「ひどいじゃん」

と担当の編集者相手に憤った。

「24時間テレビ見てたら、決められた時間内にパンツを何枚穿くかとか、お玉で水をどのくらい汲めるかをやってたよ。傍にはちゃんとギネスの立ち会い人がいたよ。ああいうのはすぐに認定してもらえるのに、どうして私の連載がこんなに時間かかるの？」

「まあまあまあ」

となだめられた。

「こういう連載って、その場ですぐに認定出来ないんで、すごく時間がかかるんですよ」

が、作品リストや証明書などいろいろ用意し、いちばん苦労したのは編集者の方々であっただろう。本当にありがとうございました。

それと同時に、長いこと支えてくださった読者の方々、本当にありがとうございました。

私が若い頃、週刊文春の名物コラムといえば、田辺聖子先生の「女の長風呂」であった。軽妙な語り口と、文章のリズム、そしてさりげない人生のアフォリズムが大好きで、真先にページを開いたものであった。

初めておうちにうかがって、ご夫君におめにかかった時は、

「こちらがあのカモカのおっちゃんか」

と感動した。いきり立っている田辺先生を、ユーモアでいさめたり、ある時はツッコ

ミを入れる洒脱で大人の素晴らしい相方《あいかた》であった。

私には、〝カモカのおっちゃん〟はいないが、口うるさいだけの夫がいる。毎日怒ってばかりいるジイさんのことをネタにすると、皆から、

「ウソでしょ。あんなにエバる人、いまどきいないよね」

と言われるがすべて本当のことだ。

昨日はおかずが多すぎると怒鳴られた。

「どうして後からもう一品つくるんだ！」

「牛肉余ってたから、ピーマンと炒めただけじゃん」

「オレそういうの、いちばん嫌いなんだ。残すのイヤだし、見るのもイヤなんだ！」

一瞬、テーブルのものをひっくり返してやろうかと思ったが、私はじっと我慢する。ここで喧嘩をしたりすると、しばらく気分が収まらない。平常心に戻るまで数時間かかる。私には「書く」という仕事が待っているので、出来るだけ心を穏やかに保つのがクセになっている。

この原稿をいろいろなところで書いてきた。新幹線や飛行機の中、そして喫茶店。切羽詰まってバーのカウンターで書いたこともある。

今思うと、人前で原稿用紙を拡げるのは相当にイヤらしい。取りに来てくれる担当編集者の人もさぞや迷惑だったろう。昔のことであるが、大阪の講演会に行くのに一緒に

乗ってもらい、私の書き上げた原稿を手に彼が名古屋で降りたことがある。

海外でＦＡＸを送るのも至難の業。ホテルに頼むのであるが、原稿用紙七枚を送るのに、なぜか十万円近くかかったことがある。あれはブラジルだったろうか。

そう、いちばん大変だったのは、ベトナム戦争の傷がまだ癒えぬ頃のハノイ。小説の取材のために、団体旅行に入った時だ。渡航が自由化されて間もない頃、ＪＴＢの二回めのツアーだったと記憶している。

思いあまってどこに行ったと思います？　そう、ベトナムでただひとつだけ支局を出していたマスコミ、「赤旗」の事務所を突然ノックしたのである。

「ＦＡＸ貸してください」

驚いた支局の方（ひとりだけだった）は、次の日自転車をこいで私のホテルにやってきた。

「本当に日本人が旅行でやってきているんですね」

ツアーメンバーは、なぜかお年寄りが多かったのであるが、彼をものすごく歓待して、

「この梅干し持っていったら」

「おせんべい、懐かしいでしょう」

とお土産を渡したものである。

国防省のご招待で、一カ月アメリカをまわった時は、現地でポータブルのＦＡＸを買

った。新聞の小説連載もしていたから仕方ない。

この時は毎日が冷や汗ものであった。ホテルに着いてすぐにすることは、FAXをつなぐことであったが、二回に一回はうまくいかず、ホテルの人も手こずらせたものだ。

なんだか腹が立ち、最後の地ニューヨークで、

「もうこんなのいらないから」

と通訳の女性にプレゼントした。その後、日本の私のFAXに、家族内のもめごとを訴える深刻な内容の紙が送られてきた。彼女が送り先を間違えたのである。

そしてあれから四十年近くたつが、私は未だに手書きでFAXで送る。

「若い書き手で、手書きだと私たちは受け取りませんよ」

と編集者にイヤミを言われたのももはや十年前。が、昔ほど迷惑をかけていないつもり。

比較的ゆったりと暮らしているため、原稿はたいていメ切り日の午前中に送っている(はず)。

若い時のように、せかせかと日本国内や世界中をまわることはない。だけど好奇心のアンテナはたえず張りめぐらせている。

何よりも不思議なことに、長いことこういう仕事をしていると、面白いことや不思議なことは自然と集まってくる。コロナ禍、タクシーの運転手さんの愚痴や人生をどれほ

ど聞いたことだろう。
コラムの書き手は、必ず聞き上手になってくるはずである。

仕事がない

先週号で、

「二年がかりですごく時間がかかった。ものすごくたくさん書類を提出させられた」

とギネス世界記録認定のワルグチをちょっと書いて、申しわけないことをした。

文藝春秋が各マスコミにプレスリリースを流したところ、新聞に出るわ、ネットニュースのトップになるわ、ＮＨＫニュースで流れるわ大変なことになった。やはりギネスってすごいんですね。

そのうえ、一日前に菊池寛賞をいただいたので、お花や祝電がいっぱい届く。

しかしいいことばかりではない。例によってネットにいろいろ書かれる。

「あんなつまんないもん、早くやめろ」

「大嫌いだから、いつも週刊文春はあのページをまっ先に破る」

とか言いたい放題。

が、ネットの悪口なんて無視すればどうということもない。

このあいだ指原莉乃《さしはらりの》さんが、

「プロのアイドルなら、あんなもの見るな。もし見るなら耐える心を持ちなさい、プロなら」

とテレビで言っていて、思わず拍手をおくった。さすがサッシー。

考えてみると、私の時はネットはなくてもメディアという公器がいっせいに襲いかかってきた。文春だってデビューの頃は、そりゃ意地悪なことを書いていたっけ。今だったら完全に女性の人権うんぬんレベルのこともあったが、私はフェミニストの人たちにもすごく嫌われていたから味方なし。アグネス論争が始まるずっと前から、

「林真理子は、女性たちが今まで一生懸命積み上げてきたものを、わーい、わーいと片足でけとばした」

とか非難されたものだ。

確かにささやかな成功を得た私は「名誉男性」の地位を得ようとしていたのかも。結婚願望をあけすけに書いたのも、驚きと嘲笑をもって叩かれたのだ。

あの時のことはもう忘れかけていたけれど、世間の人の方が憶えていた。

「あれだけのバッシングを受けて、よく生き残れたね」

なんて書かれたのを読むと、じーんとしてしまう。そう、本当に四面楚歌。テレビも

雑誌もいろんな罠を仕かけてきた。

今みたいに、作家の人たちが芸能プロダクションに入って、マネージャーと付き人を連れてやってくるなんてあり得ない。たった一人でマスコミの嵐に立ち向かった。途中でテレビの方は、さすがに向いていない、とわかって撤退した。書くことだけが、私に残された唯一の方法だとわかったので、そりゃあ頑張った。わーん、泣けてくる……。

お祝いの花の中で、私は感慨にふける……。

それにしてもこの二つの大きな祝いごとを、「まるごと林真理子展」開催中にいただいたということは、何という幸運だったであろうか。

ギネス世界記録に認定してくれた証の認定証は、ただちに山梨県立文学館に運ばれ、ガラスケースにおさめられている。私の年譜を記したボードのいちばん最後には「菊池寛賞受賞」とつけ加えられる。こんな大きな賞をいただいて、本当にありがたいことだ。

展覧会も毎日たくさんの方が来てくださっている。このあいだ知り合いが行ったら、県下の中学生が団体で来てくれていたそうだ。彼らが私のことを知っているとは思えないのであるが、積んだ生原稿を見て何か感じてくれたら嬉しい。

ところでこの展覧会を見に来てくれた友人のほとんどが、

「びっくりした」

と口にするものが二つある。それは前に言ったとおり、記念の時に着たイブニングドレス二着だ。

「昔は本当に痩せていたんだねぇ！」

そしてもうひとつは、出口近くにもうけられた、

「林真理子現在連載中」

というガラスケース。週刊誌は対談、小説を含めて、なんと四つもやっている。それに加え、月刊誌の小説が二つと、月刊誌のエッセイ。

「本当に一人でこれだけやってるの」

と皆が驚くが、実は私もこれは暴挙と思っていた。今年のはじめ、週刊誌と月刊誌の連載小説がほぼ同時に始まった時、

「絶対無理、こんなの無理」

とつぶやいたのであるが、コロナのせいで、すべての講演会や対談がすっとんでしまった。よって書くことだけに集中出来たのだ。

我ながらよくやっていると、皆に自慢していたのであるが、そのうち大変なことに気づいた。

「新しい仕事が入ってないじゃん！」

二つの連載小説が終わる今年の暮れ、来年のその先、どことも約束がないのである。

実は私たちの仕事は、ご飯を食べることから始まる。エラい人が声をかけてくれて、

「たまにはカニでもどうですか」

などとおいしいものに釣られ、のこのこと出かけていく。そしてデザートの頃に、

「ハヤシさん、来年の予定どうなってますか」

「さ来年だったら、時間あくんじゃないですか」

などと聞かれ、そこでめでたく商談が成立。

ところがコロナが流行り出してから、出版社との公のお食事会がなくなってしまった。最近毎晩のように外食しているが、みんなプライベートのお友だちご飯。仕事にからんだご飯がほとんどないことに気づいた。

「このままじゃ私、仕事なくてご飯食べられなくなるかも」

不安にかられていたら、先週封書が届いた。編集者からの連載の依頼である。

そうか、こういう方法もあったか。コロナによって、こんなオーソドックスなやり方が復活したのかとひどく感心したのである。

トランプ的こころ

菅さんがマスクをしているとかなりコワい。鋭い目が強調されるからだ。マスクをはずしてニッコリなさるとかなり緩和されるが、とにかくあの目は人を怯えさせる。あの猛禽《もうきん》のような目のまんま、日本学術会議の人事にかかわることをおっしゃるので、支持率がぐっと下がったのだろう。

そしていつのまにか、会員の任命に関することが、「こんなものいるか？」という組織論になっていく。

私の考えとしては、

「年十億円の予算ぐらいケチケチしないで、学者さんたちを自由にさせてあげたらどうですか」

バブルの頃は、あちこちで勉強会やフォーラムが出来、大企業がスポンサーについた。若い文化人を何人か集め、好きなことをしてもいいというもの。みんなで海外へ行ったり、おいしいものを食べたりして楽しかったなあ。メンバーからすごい人たちが出て、あの時の人脈は、今でも私の宝だが、スポンサーのお役には全くたっていないかも。税金と企業のお金という違いはあるにしても、日本はまだまだ力を持つ国ではないか。そのくらいの余裕を見せてほしいものだ。

今年ノーベル賞は何もとれなかったし、大学院に進む学生さんは横ばいだそうだ。学問とか文化というのは、一見無駄と思えるような潤沢な肥料の上に花咲くものではないでしょうか。

さて政治家といえば、アメリカのトランプさんの再選は、まず無理ということだ。四年前、私はこんな風なことを書いた。

「アメリカは未だに世界一の大国。大統領、ちゃんと選んでくださいよ。まさかトランプさんに投票したりはしないでしょうね、お願いしますよ」

が、極東のいち物書きの言葉など、いったい何になろう。トランプさんはクリントンさんを破って、アメリカ大統領となったのである。

最近この方をテレビで見ていると、おかしくて仕方ない。コロナにかかったかと思うと、再び意気軒昂となりやりたい放題。気にくわない人物の悪口を言いふらし、でたらめなコロナ情報を口にする。そうかと思うと、集会での熱いコールに、上半身を動かす独得のダンス。

まるでコミックの登場人物か、ハリウッド映画の道化役。最近はこのキャラクターに慣れてしまい、なんだか憎めなくなってくる。とはいうものの、こんな人がアメリカ大統領になっていたことが信じがたいし、集会にやってくる熱烈なトランプ支持者たちを見ていると、なんだかアメリカという国がわからなくなってくる。ただマッチョな国なんだなあということだけは理解出来た。みんな開拓者、カウボーイの子孫なんだ。

ところで前々回、「アメリカ国防省の招待で、一カ月間アメリカをまわった」というのは誤植。正しくは国務省。私が気づかず失礼しました。国防省だと、ペンタゴンに招かれていったい何をしてきたのだと思われそうである。

日本の若きリーダーになるべき人を招いて、一カ月間いろんなアメリカを見てもらいたいという、有難いプログラムである。たぶん今も続いているはずだ。

何度かアメリカ大使館に出向き、相談をした。その時私は、

「ディープなアメリカ南部の、いちばん保守的な人たちに会いたい」

とリクエストした。そしてキリスト教原理主義のお年寄りにお会いし、聖書を渡されそうになったことも。

「私は敬虔《けいけん》なブッディストである」

などと言ってうまくかわしたが、あのような方々が今もいて、トランプさんを支持しているのであろう。

マッチョのトランプさんは、当然のことながらＬＧＢＴが嫌いだそうである。それで

また支持する人たちがいる。

日本でもLGBTを守れば「足立区は滅んでしまう」と発言した足立区議や、杉田水《み》脈《お》さんのような人がいる。時々足立区議のことを庇って、

「多様性、多様性っていうのなら、区議みたいな人の意見をきくのも多様性だろう」

という人がいるが、私ははっきりと間違いだと思う。なぜならLGBTを認めないということは、不幸な人をつくるということ。それは政治家として、絶対にやってはいけないことだと思う。

先日、友人たちとこの話題になった時、私はこんな昔話をした。

「私が学生の頃の話だけどね、ものすごくさわやかなイケメンがいて、映画番組のMCをしてたんだよ。その人は良家のお嬢さんと結婚することになり、マスコミでもいっぱい報道された」

もちろん祝福記事として。ところが半年もたたない頃、ものすごく大きな事件が起きた。新婚間もない奥さんが、彼を相手どって、結婚不履行の裁判を起こしたのである。

「つまり全く夫婦生活がなかったということ。彼は同性愛者だったわけなんだけど、当時のマスコミが、面白おかしく書き立てて気の毒に、彼は番組を降ろされ、その後は行方不明だよ」

今だったら、どうということもなかったろうにねえ、と私がため息をついた時、

「あら、同じようなことがつい最近あったよ」

と女友だち。さる有名企業のお嬢さまと結婚した男性が、やはり同じ理由で、即離婚となったというのだ。

「その男性は、マリコさんがうちのホームパーティーに連れてきた人ですよ」

「えー、全然記憶にないよ」

「確か、マリコさんの友人の男性と一緒でした」

それでこれまで心に引っかかっていたすべての謎がとけた。友人は、私に、

「紹介したい友だちがいる」

といって、実は恋仲のその友人を連れてきたんだっけ。私は何も気づかなかったが、かなり無神経なことをしていたのかもしれない。トランプさんを面白がる心が、何かを起こしたのではと、とても反省した次第である。

GoTo足湯

GoToキャンペーンで、行ってまいりました、秋の甲州路。

例の展覧会を見るついでに、石和《いさわ》温泉に一泊したのだ。友人夫婦も一緒である。

「どうせなら、露天風呂つき個室に」

とリクエストしたら、どこも満室。キャンペーンのせいで、豪華な部屋から埋まっていったそうである。

一室は確保出来て、こちらを友人夫婦に譲ろうとしていたところキャンセルが出た。そしてめでたく、かなり大きな露天風呂のあるお部屋に、ものすごく安く泊まれた。しかも、地域共通クーポンまでついているではないか。このクーポンを使い、ホテル内のバーで、さんざん飲むことも出来たのである。

怖るべし、GoToキャンペーン。

地元のタクシーの運転手さんに聞いたところ、コロナで本当にどうしようかと思っていたら、十月になってから息を吹き返したというのである。しかし、このキャンペーン、金持ち優遇措置ではないかという批判の声も上がっている。確かに、こんな大変な時に、温泉なんかに行って……という意見も当然だ。

だが私が見たところ、ホテルのロビイにいた人たちは、ごくふつうの家族連れやカップルであった。みんなこのキャンペーンによって旅行しました、ワンランク上のところに泊まりました、とても楽しそうだ。

とりあえず客もホテルも、タクシーの運転手さんも喜んでいたＧｏＴｏキャンペーン。私は四回ぐらいお風呂に入った。

若い頃、私は温泉は大好きだが、温泉に入るのは苦手という奇妙な習癖を持っていた。じーっとしているのが大嫌いなのだ。

よってお風呂の中に、週刊誌や文庫本を持ち込んだ。まわりの景色も楽しまず、何のために行ったのかわからない。

ところが年をとってくると、お風呂の中でいくらでもじーっとしていられるようになった。何を考えるわけでもない。頭を空っぽにして、ひたすら湯に浸《つか》る。そしてお風呂から出ると、冷たいビールや、山梨特産の甲州種のワインをいただく。おお、快適、快適。夫の機嫌もすこぶるいい。

よく日本の夫婦は、

「年をとったら二人で温泉めぐりをしたい」

と口にするが、これは確かに正しいかも。自分でご飯をつくらなくて済むから、奥さんもラクチンだし、ダンナさんの方も昼からお酒を飲んでも何も言われない。二人とも、リラックスすることだけにいそしむ。これが海外旅行だと、不慣れなのと疲れでケンカは避けられないに違いない。

ところで石和温泉といえば思い出がある。うちの母が、しばらくこちらのリハビリ病院に入院していた。

見舞いの帰りに電車を待つ間、よく駅前の足湯に浸っていたものだ。知らない観光客と一緒にじーっとしているのも、なかなか味わい深いものであった。

足湯わりと好きかも。

そうしたらつい最近のこと、テレビで羽田空港に隣接した商業施設が出てきた。飛ぶ飛行機を見ながら足湯につかることができるという。

「あれ、いいな、気持ちよさそう」

と何気なく口にしたら、知り合いが関係者で連れていってくれることに。

車で行ってみて驚いた。ものすごい広さではないか。オフィスビルの他に、ライブホールやデジタル体験型施設もある。レストランや飲み屋さんも何軒か。

オリンピックを見越してオープンしたのであるが、コロナで想定外のことが起こった。なにしろ羽田に人が行かないのだから。

ビルの上から見ると、飛行機がいくつも駐機している。ずーっと停まったままの飛行機も淋しいものである。本来ならば、飛び立つ飛行機を見上げながら、足湯を楽しむという趣向なのだ。

とはいっても、夕陽が落ちていく飛行場の美しいことといったら。あたりに高い建物がないので、素晴らしい眺めである。

「ハヤシさん、ここのテラス、見憶えないですか」

はて？

「ドラマ『半沢直樹』で、半沢がグレートキャプテンと対決する、あのシーンはここでロケしていました」

そう言われてみれば、後ろに見える建物も全く同じ。このドラマのおかげで、ここの建物にくる人はぐっと増えたそうだ。

ここには飛行機にちなんだ、とても面白いお店がある。元航空自衛隊のメンバーが、指導してくれるショップだ。アメリカ軍放出の革ジャンやコートや、特製のＴシャツが並んだ奥に、本物の戦闘機そっくりのコックピットを備えた、シミュレーションルームがある。

一緒に行った友人はカーキチで、カーレースに出た経験を持つ。さっそく操縦桿を握って、空に出発した。

哀川翔さんそっくりのオーナーが、傍についてこと細かく指導。離陸も着陸も非常にうまくいった。やみつきになりそうだと友人は興奮していた。

その後はデジタル体験型施設へ。さらわれたお姫さまを、白狐と一緒に救い出すという体験型パフォーマンス。なんでも市川海老蔵さんがエグゼクティブアドバイザーだという。機械を頭に装着し、奥の方に入っていく。プロジェクションマッピングによって、お花や雪が空に舞う。そして次々と続くお部屋のスクリーンには、蜷川実花さんもかくやの豪華絢爛なお花が咲き乱れていたかと思うと、大勢の人たちの盆踊りが始まる。お姫さまや狐と一緒に踊るラストもとても楽しい。こちらもハマりそうだ。

しかし肝心の足湯であるが、誰にも勧められずに見学のみ。せっかくスニーカーにソックスをはいてきたのに残念であった。

ユーはどうして

コロナ禍で抑えられていた買い物熱が、むずむずとしてきた今日この頃、秋冬ものを買いに表参道のいきつけのショップへ。

ここはいつも中国人のお金持ちでにぎわっていたところだ。今、彼らが来なくて大変なのではと思っていたところ、

「代わりに、なぜか若い方たちがいっぱい来てくれるんですよ」

確かに見ていると、おしゃれな若い人たちが、広い店内を見てまわっている。中でも目をひくのは、ずうっと椅子を占領して、あれこれ靴を選んでいるカップル。マスクをしているが、女性の顔は小さく、かなりの美形ということがわかる。

「タレントさんか、女優さんかしら……？」

店員さんに尋ねたところ、

「ユーチューバーだそうです。いろんなお洋服を着ておしゃれを教える。あの方、うちのニットをお召しでした」

「ユーチューバーねぇ……」

感慨にふける私。そして三十年以上前の思い出がまざまざと甦ったのである。

「若い皆さんは知らないでしょうが、日本にバブルというものが訪れていた頃の話よ」

古老は語る。

――その頃私は原宿に住んでいたのね。お洋服は、その頃駅前にあったザ・ギンザの中のダナ・キャラン。ニューヨークのデザイナーだった彼女は、働く女性のための素材のすごくいい、スーツやジャケットをつくっていたのよ。

日本では安藤優子さんとか、カッコいい女の人がこぞって着ていたの。私も似合わないまでも、ここのお洋服が大好きだった。結構お得意さんで、私が結婚した時は、

「ご結婚おめでとう」

っていう、ダナ・キャラン直筆のカードをもらったのよ。

まあ、そんなことはいいとして、私は不思議でたまらなかった。

なぜなら有名人でも何でもない、ふつうの女の子が、そこのお洋服を買いに来ていたから。よーく見ると、キャリアウーマンというのでもない。そう、おしゃれ感度がいいようにも見えない。それなのにどうして彼女たちは、こんな高価な服を買っていくんだろう……。

「あの女性たちは、何をしている人たちなの？」

「ヒロ・ヤマガタを売っている人たちです」

と店員さんは教えてくれたワケ。

ヒロ・ヤマガタを知っている人も、もう少なくなっているに違いないわ。一世を風靡した人気画家。明るい色彩で街や人を描く絵は、売れに売れた。イラストっぽくて、私はあまり好きにはなれなかったけれど、とにかくみんな争って買ってたんだよねぇ。

そのヒロ・ヤマガタの店は、原宿の交差点にあって、いつも女の人が店頭に立ってビラをまいていた。ダナ・キャランに来ている女性たちは、その販売員だということ。

「一枚売っていくらって、ものすごく儲かっているらしいんですよね。なんでも月収が数百万という人もいるんだとか」

本当に私はびっくりして、しげしげと彼女たちを眺めたもんだわ――。

「というわけで、昔ヒロ・ヤマガタ、今はユーチューバー。いつの時代も、目先がきいて、稼いでいる女の人っているんだよねー」

私がくどくどと昔話をすると、若く可愛い店員さんは、そう面白くもなさそうに、

「そうなんですねー。ところでハヤシさん、このスカート、上のサイズはありません。すみませんねぇ」

といつもの話に戻ったのである。

しかし私の疑問はひとつ解決された。私は行列が出来ていると、先に何があるか確か

めずにはいられない性分である。

よっていつも聞いてみたくてたまらなくなる。

テレビ番組のタイトルをもじって、

「ユーはどうしてこの店に？」

一人数万円するお鮨屋や和食のカウンターが、若い人たちでぎっしりだ。若いカップルが、高価なシャンパンを飲んでいる。

この光景を話すと、

「ＩＴ関係の人じゃないの」

と皆が言うが、ＩＴの人たちだけで、あれだけたくさんの人が来るものであろうか。コロナによって、明日の食べるものにこと欠く人が世の中に増えているというのに、こんな高いところに来ている三十代の人々。

しかもそうお金持ちそうにも見えない。貴金属をぶらさげてもいない。芸能人でもない。

私は聞きたくてむずむずしてくる。

「ユーはどうしてこの店に？」

ところがある日、その謎が少しだけ解明された。ある高級カウンター割烹の店で、ある人と食事をしていた。話題はお相撲さんのことに。

「私は後援会入ってて、彼の披露宴に出たことがあるんですよ」

自慢というのでもなく、隣の人に話しかけたところ、

「私たちも、その披露宴にいました」

とふたつおいた席から声をかけてきたカップルがいたではないか。

「僕ら、〇〇関と仲よくて、よく焼き肉を食べにいくんですよ。飲みに行くのもしょっちゅう」

三十代にして、お相撲さんのタニマチとは？

私の視線がよほど鋭かったのであろう。その方は名刺をくれた。隣の女性は奥さんだそうだ。名刺には「△△クリニック」と書かれていて、ものすごく立派な待合室の写真も刷りこまれていた。

「そうかあ、お医者さんかあー」

それならば、若くてお金持ちなのもあたり前であった。

それにしてもよく「IT関係者」というけれど、それはいったいどういう職種で、どのあたりまでをさしているのか。私はそれを知りたくて仕方ない。

タクシーの中で画面にN高の特別授業が流れる。麻生副総理が言う。

「ITで一億二千万人食えませんな」

確かにそのとおりなのに、どうして彼らはいいもん食ってんだ！

今回は困りました

ヒマになったら何をしたいか、ということを何十年も考えてきたような気がする。

毎日映画館に行きたい。

断捨離もせずとっておいた「モンテ・クリスト伯」、「チボー家の人々」全巻を読みたい。

若い時にちびっとやっていたゴルフを再開したい。

一人で温泉に泊まって本を読みたい……。

現実は、仕事や雑用に追われる毎日だけれど、ああ時間が欲しい。ゆったりと流れる時間が欲しい……。

と考えたら、さんざんあったではないか。そう、今年の三月から五月のヒマなことといったら！　今日スケジュール帳を見直し啞然とした。真白なのだ。講演会や会議、対談の仕事、ボランティアの会合などがすべてなくなってしまったのである。

秘書のハタケヤマも自宅勤務となり、お手伝いさんも時短。連載の仕事はあるものの、三時には机を離れる。

楽しみといえば、近くのスーパーに行くことだけ。毎晩二時間ぐらいかけて、手の込んだ夕飯をつくった。夕食の後は本を手にとったが、読書というのはヒマを盗んでした方がずっと楽しい。途中で気が入らなくなりテレビばかり見ていた。今思えば自粛期間中、どうして映画館だけでも開いてくれなかったのだろうか。ちょっと前の映画も上映してくれたら、毎日通っていたのにと思う。結局ＮｅｔｆｌｉｘやＨｕｌｕに加入して、数時間見ていたっけ。

そう、ヒマな時間は春頃いっぱいあったのだ。それなのに私は、かなりぐうたらに過ごしてしまったのである。こうしている間にも時間は過ぎていき、師走もうじき。長かったようで短かった二〇二〇年、実に不思議な空間を生きてきたような気がする。

ところで自慢めくのであるが、つい最近嬉しい賞をいただいた。人気女性誌ａｎａｎが、創刊五十周年を記念して、大賞をくださったのである。五十年の歴史のうち、三十五年連載エッセイを書いていたというのがその理由である。

そういうと、

「えー、ａｎａｎのあの連載、まだやってたの⁉」

と驚く人は多い。中高年の女性で、若い時にずーっと読んでいたけれど、まだやってるなんてびっくり、というのである。

そう、この週刊文春の連載も長いけれど、ａｎａｎもものすごく長いのだ。一度中断したこともある。新任の編集長から、

「そろそろお引き取りを」

と言われたからだ。編集長のその時の顔をはっきりと憶えているのは、とても言いづらそうだったからだ。その人はずうっと私の担当をしてくれていて、ずっと仲よしであった。だからこそ自分が引導を渡さなくてはいけないと思ったに違いない。長く続いている連載をやめて、と言うのは相当勇気がいったろう。私は恨む、なんてことはもちろんなく、相手にこんなイヤな思いをさせてすまなかったなあ、と思っただけである。

そして別の何人かの方が、そのページを書くようになったのだが、リニューアルはあまりうまくいかなかったようだ。三年後には、

「やっぱりハヤシさんやって」

とお声がかかったのである。プライドは、と聞かれそうだが、すぐに再開した私……。

さて、どうして私がこのようなことをくどくど書くかというと、先々週の「女性セブン」で佐藤愛子先生のエッセイを読んだからだ。

佐藤先生のお父上は、有名な佐藤紅緑《こうろく》先生である。年代的に私は読んだことがないが、戦前、少年たちに熱愛された作家であると、私は佐藤愛子先生の伝記小説で知っている。

実際、当時の大ベストセラー作家であった、その紅緑先生のところに、ある日一通の手紙が届く。講談社の新任の編集長からだ。

「今回はまことに困りました」

つまり、あなたの原稿はもう使いものにならんと、はっきり言ったのである。

紅緑先生は、その時退《ひ》き際を悟られた。そして日記に、

「講談社不遜なるをもって筆を断つ」

と書き、いっさいの執筆活動をやめられた。そしてただの普通の「おじいさん」になった、と愛子先生は書く。

物書きにとっては、かなりつらい話だ。私もいつか、

「ハヤシさん、今回は困りました」

という手紙かメールをもらう日がくるであろう。

え、もう来てるって。そうですか……。

そういえば編集者は、連載中はそうきついことを言わないからあてにならない。

それではSNSで見てみよう、本当のことが書いてあるかもしれないなどとうっかり覗くと、悪口ばっかりであるから気が滅入る。

ああ、長く連載するというのはなんとむずかしいんだろう……なんてグチを書いて一回分ちゃっかり稼いでしまった私。

今日はこれから国技館に、大好きなお相撲を見に行くことになっているのである。大相撲も長く長く続いて人気がある。中継すればすごい視聴率である。人気が長さを支えている。

「継続は力なり」

と言うけれど、それは連載に関してはあてはまらない。記録を出すスポーツをやっているわけでも、真実を探す学問をしているわけでもない。

雑誌の連載など読者の人気がないものは、すべて淘汰される運命にある。自分がやりたくても続けることは出来ない。そう思うとなんてはかない運命だろうか。そのはかなさの中、呑気にやってこられたのは、皆さまのおかげとまずこのずぶとい神経があったからかも。おかげでヒマはまだ遠い。

必要な選択

眞子さまが、結婚についての文書を公表されたので、それは大変な騒ぎになっている。私はもともと、初恋を貫いていただきたいと考えていたので、まあ、これも想定内であった……というのは、えらそうだな。

えらそうといえば、思い出すのは、秋篠宮が今から三十年前、ご婚約なさった時のことだ。学生時代からの恋愛というのは新鮮で、黒いリボンをつけた紀子さまの初々しく愛らしいことといったら……。日本中たちまち「紀子さんフィーバー」が起こったのである。


これについて、レギュラーの雑誌の対談で、あるコラムニストと、

「あのコって、絶対に悪口言えない雰囲気だよね！」

とか何とか喋ったら、年配とおぼしき男性から手紙が届いた。

「妃殿下になる方に何という無礼を。お前らとは育ちが違うんだ」

とえらいお怒りようであった。

あれから月日は流れ、世の中にはネットというものが生まれた。そしてふつうの人たちが、皇室に関して好き放題のことを書いている。

私が許せないのは、皇室ニュースなるもの。上皇后美智子さまや雅子さま、紀子さまたちの全くあり得ないエピソードや悪口が書きつらねてあるのだ。その下品さ、悪らつさときたら、ここに書くのもはばかられるほど。

あそこに書いている連中は、いったい何者なんだ。私ら下々の者たちは、しょっちゅうデタラメやフェイクを書かれても我慢するしかないが、皇室の方々にあれはちょっとひどいのではなかろうか。

さて私が眞子さまの文書を読んでまず思ったことは、なんと頭のいい方だろうということ。かなり高度な文章力である。

「様々な理由からこの結婚について否定的に考えている方がいらっしゃることも承知しております」

とネガティブな要素をまず述べたうえで、

「しかし、私たちにとっては、お互いこそが幸せな時も不幸せな時も寄り添い合えるかけがえのない存在であり、結婚は、私たちにとって自分たちの心を大切に守りながら生きていくために必要な選択です」

好きだからとか、愛し合っているから、というナマの言葉ではなく、「必要な選択」

という理智的な言葉で、国民を説得しようとしている。小室さんの借金問題を書け、という声もあるが、それをするとややこしく下品になるはず。

そして、

「この文章を公表するに当たり、天皇皇后両陛下と上皇上皇后両陛下にご報告を申し上げました」

と肝心なことで締める。

おっとりとしたお姫さまだと思ったら、しんの強い知的な方だと、多くの人々は思ったに違いない。

朝日新聞の記事は眞子さまに関してわりと同情的で、かなり個人的な感想を最後につけ加えた。

「いろんなことを言う人がいるが、結婚相手予備軍だった皇族や華族は、既に姿を消している。皇族の方々は自力で結婚相手を探すしかないのだ」

確かにそのとおりである。

実は今、私は月刊「文藝春秋」に「李王家の縁談」という小説を書いている。いろいろな資料を読んでいると、戦前の皇族の方々も、お相手を見つけるのにそりゃあ苦労しているのだ。

梨本宮《なしもとのみや》伊都子妃《いつこひ》は、宮廷いちの美女で頭がいいことで有名であった。こちらのご長女、方子《まさこ》さまは皇太子（昭和天皇）のお妃候補といわれていたけれども、レースに敗れてしまう。

が、伊都子妃はすぐに気を取り直し、おむこさんを探すのだ。今の宮内庁は千人規模だが、戦前は宮内省であった。六千人ぐらいの職員がいた。その人たちが一生懸命、名家のために奔走していたのだ。縁談には宮内大臣も力を尽くす。今とは状況がまるで違うのである。

そして伊都子妃が目をつけたのが、朝鮮の王世子であった。当時朝鮮は日本に併合され、王室は日本皇室に準じる待遇だったのである。政府からは莫大な歳費も出ていたし、朝鮮本土からの家賃や株の利益も相当のものであった。

「そう悪くない縁かもしれない」

と伊都子妃は宮内省に持ちかけるのだ。

長いこと方子女王と、李王家王世子との結びつきは、国が企んだ政略結婚と言われていた。嫁ぎたくなかったのに、方子女王は「お国のため」と泣く泣くオッケーしたと。しかし最近では、伊都子妃がこの縁談を持ちかけたとわかっているし、李王世子夫妻の仲もすこぶるよかったとわかる。

昔の上つかたのご結婚も、決してスムーズだったわけではない。今後、佳子さまはじめ、悠仁さまなどの結婚は、さらに困難が待ち受けていることであろう。

眞子さまのご結婚にしても、私のように理解ある人は多勢とはいえないかも。

小室圭さんのお母さまは、サングラスをしたり、カーディガンを袖をとおさずお召しの写真を撮られ、〝悪役〟のイメージがつくられている。トラブルの元の四百万円は庶民にとっては大金であるが、暮らしぶりからいって返せない額ではない。不満だろうが一刻も早く返してスッキリさせ、国民の気持ちをなだめる。そして眞子さまは一時金を受けとらず、いち女性として結婚される。そして結婚後は、夫婦ともに皇室行事にはいっさい出ない。これならみんな納得するはず。

将来のことであるが眞子さまの文章力があったら、エッセイをお書きになっても成功するのではないか。大叔母の島津貴子さんのように、どこかの企業のアドバイザーにだってなれると思う。だって小室さんは人生に必要な人。何だって出来るでしょう。

めでたしの三日間

コロナが再び大変なことになり始めた。

冬になればおそらく患者は増えるだろうと予想されていたが、あっという間に東京の一日の感染者は四百人を越え、GoToキャンペーンも見直しとなり、夜の繁華街は時短営業となった。

とすると、あの三連休は深刻になる直前ギリギリの、小春日和だったなあと思う。有意義な本当に楽しい三日間を過ごしたのである。

一日めは、山梨へ。しつこいようだが甲府の県立文学館で「まるごと林真理子展」が開かれていた。二十三日の閉幕を前に、エンジン01の方々十五人がやってきてくれたのである。

そうなると見終わった後は宴会ということになる。私は地元の方にいろいろな居酒屋を紹介してもらったのであるが、いまひとつパッとしない。考え方を変えて、老舗のおそば屋さんに頼んでみることにした。

食べることに関しては、私はきっちりとやる。わざわざ来てくださった方々に、楽しい思い出をつくってほしい。そのために私は、このお店に三回行って、メニューを決めてきたのである。

このお店は鳥もつ煮が有名だ。鳥もつ煮といえば、B級グルメのコンテストで優勝した山梨の名物、鶏の内臓を甘辛く煮たもので、赤トウガラシをふっていただくと実においしい。お酒もすすむ。が、私は玉子焼きもイケることを発見した。

私はお上品なだし巻き玉子が、あまり好きではない。そこのおそば屋さんの玉子焼きは、甘ーい昔ながらの田舎の味であった。

「あの玉子焼きを出してくれませんか。それからメニューになかったけれども馬刺しもお願いします」

馬刺しも山梨県民の大好物。ニンニクをおろしたものと一緒にいただく。私は希望する料理を箇条書きにして渡した。

さらにワイン県副知事の私としては、おいしい山梨ワインを飲んでもらいたいと、醸造元のワイナリーにかけ合って、直接お店に送ってもらうことにした。

その甲斐あって皆さん大喜び。鳥もつ煮も玉子焼きも大好評であったが、いちばん人気は何といってもおそばで、半分の人がおかわりをした。

そして二日めは、電車に乗って遠くの映画館へ。夫の仲よしが前から大の相撲好き。

「一緒に映画『相撲道―サムライを継ぐ者たち―』を見に行こうよ」

と誘ってきた。夫はまるで興味がないのでためらっていたのであるが、私が行く、行くと騒いだので仕方なく観ることにしたのである。友人の奥さんも、相撲は別に好きでもないのであるが、話の流れで二組の夫婦で行くことになった。

この「相撲道」は、話題になっているわりには上映館が少なく、しかも一日一回というところばかり。私たちは十時からの回を予約していたのである。

まばらな観客の中には、体格がよく見るからに「元力士」という人もいた。感想を聞いてみたいところである。

ところで映画であるが、はっきり言って出来はいまひとつかも。後でわかったことであるが、民放テレビ局のプロデューサーがつくったそうだ。バラエティ番組では有名な人らしいが、そのためか映画としての流れがぎくしゃくしている。なくてもいいようなシーンもいっぱいであった。

しかし力士たちの稽古のすさまじさには、私たち四人は口をあんぐり。

「毎日が交通事故です」

と一人が語っていたが、百数十キロの人間が体あたりしてくるのである。ハンパなことをしていたら、たちまち体が壊れてしまう。そのため力士たちは、それこそ毎日死にものぐるいで体を鍛え、土俵でぶつかり合うのである。三百五十キロの巨大タイヤを横にころがしている人もいた。

見終わって一同ぼーっとしてしまった。

「昼食はちゃんこでも食べようか」

という意見があり、私はこんな提案を。

「これから私は、『アートパラ深川　おしゃべりな芸術祭』という催しの授賞式に行くんだけど、一緒に行きませんか」

私は第一回のこのアワードで、審査員をしているのだ。「アートパラ深川　おしゃべりな芸術祭」というのは、知的障害や体の障害を抱えた方たちが応募する、絵画や書、オブジェの美術展である。

ハンディがある方々が、しばしば素晴らしい美術的な才能を持っているというのはよく知られたことであるが、応募の作品はどれも圧倒されるものばかり。すごい迫力で描かれた動物の絵などは、まさに上質なコンテンポラリーアートであった。

「今、清澄庭園で作品が展示されているはずですよ」

と誘うと、インテリのご夫妻はたちまち目を輝かせた。二人とも絵が大好きで、自宅にもたくさんの現代作品が飾られている。

が、例によってうかぬ顔をしているのが夫であった。お相撲にも絵にも、まるっきり関心がないのだ。これ以上つき合わされるのはご免だと思っているに違いない。そこには毎日よく出歩くよという、私への非難も込められていた。

とはいうものの、お天気はよかったし、庭園も広々として気持ちいい。そこに飾られている作品も見ごたえのあるものばかり。

何といってもいちばん感動的だったのは授賞式だった。ベッドに寝たままの方や、スピーチを施設の方が代わって言わなければならない方々もいたが、それでもトロフィーを持つ顔は喜びで輝いていた。

夫たちは、遠くの席で画面を見ていたが、それでも絵のすごさは伝わったらしい。

「いやあ、よかったなあ。本当に来てよかったよー」

いつも余計なことばかりして、外に出かけてばっか、と怒っている夫であるが、なんと目に涙をうかべているではないか。

いいところあるじゃん。

三日め、私はデパートに買い物に行ったついでに、夫に温かい冬のパジャマを買ってきた。めでたしめでたしの三日間は終わり、そしてこの日を境にまたつらい日々が始まろうとしている。頑張りましょう。

寛容って

当代きっての名優、坂田藤十郎《さかたとうじゅうろう》さんが亡くなられた。松井今朝子《まついけさこ》さんが、日経新聞に素晴らしい追悼文を寄せている。中でも感服したのは、次の文章である。藤十郎さんが役者として、どれほど真摯な志を持ち、努力していたか。「高邁《こうまい》な精神の発露」ともいえると賞賛した後、こう続ける。

「一方でストイックとは裏腹に、上方歌舞伎の遊蕩児を演じれば内面から滲み出る色気が観客を魅了した。もはやタブー視される『芸の肥やし』という言葉をよく体現し得た最後の役者として記憶もされよう」

なんというエレガントな言いまわしであろうか。あからさまに、過去の艶聞《えんぶん》を書いた他のマスコミとはえらい違いである。

それにしても藤十郎さんが最後の役者になるのか。そうかあ、最後か。「吉田屋」のあの「じゃらじゃら」とした色っぽく可愛い若ダンナは、もう見られないのか……などと思っていたら「サンジャポ」に、宮崎謙介《みやざきけんすけ》さんと金子恵美《かねこめぐみ》さんが出ていた。なんでも宮崎さんが浮気したことの謝罪に出てきたそうだ。奥さんの金子さんは、腸《はらわた》が煮えくりかえるような思いだったに違いない。当日、たまたま出番にあたってしまったそうだ。本当ならテレビに二人揃って出たいはずはないだろう。しかも十月に「許すチカラ」という本を出したばかりなのだ。人間、先走ったことはしない方がいい。冷たく夫を見つめる顔を、テレビカメラがアップで撮る。その場に出演した誰かが、

「うちに帰ってしたら」

と言っていたけれども確かにそのとおりだ。

しかしいったいいつから、不倫や浮気はこれほど糾弾されるものになったのだろう。私の知っている限り、芸能人や有名人のそれに関しては、人々はもっと寛容だったような気がする。特に歌舞伎の方の色ごとは全くの治外法権。大昔、ある女優さんとの密会を撮られた歌舞伎俳優さんが、

「歌舞伎役者に愛人がいるのは常識ですから」

と言いはなち、私もずっとそういうものだと思っていた。しかし世の中は変わっている。歌舞伎の方も、映画の俳優さんも、芸人さんも、一回でもすればそれでアウト。ヘタすると仕事はおろか、家族だって失うことになる。今や不倫や浮気は、クスリと同じぐらいのリスクを負う時代なのだ。全くいつからこんなことになったのであろうか。昔は芸能人のスキャンダルが週刊誌をにぎわしても、おおかたの人は興味シンシンで

面白がるだけ。自分と全く違う世界を生きる人たちだと思っていたからである。

だから近所の人たちと、

「ねえ、ねえ、あれ見た?」

とお喋りを楽しんだものだ。だが最近人はそれよりも、まずパソコンやスマホで、あれこれ書き込むことを好む。あたかも自分が全能の神になったような気分で、

「奥さんを裏切るなんて、人の道に反している」

「こういう人間が、のうのうとテレビに出るべきではない」

芸能人だっていけない。自分はふつうの人間であるとたえず宣言し、ブログやインスタなんかで私生活を披露する。

こんなに家族を大切にする自分、こんなにお弁当づくりが得意な私を毎日見せつける。こうして一般人と芸能人、有名人は互いに接近し、ぴったりと薄皮一枚だけが隔てる仲になる。この皮がぴりっと破れるのが不倫だ。一般人の負の感情は、いっきにあちら側に流れ込むのである。

不思議なのは、これほど不倫に不寛容な人たち、主に女性が、テレビドラマや映画の不倫話にはうっとりしていること。以前は上戸《うえと》彩《あや》ちゃん主演の「昼顔」、今は「恋する母たち」を喰いいるように見つめている。

「現実の不倫は絶対に許さないけど、ああいうのは平気なんだね」

と友人と話していたら、

「自分が妄想することには全く罪悪感ないよ」

と彼女。

「こういうドラマは好むけど、現実ではしない、っていうのが奥さんたちの矜持《きょうじ》なんじゃないの」

まあ私など、こういう妄想を提供する仕事なので、人々がもっと寛容になってほしいと祈るばかりである。

寛容といえば、暮れに向けて「自粛警察」がまたはびこりそうである。私のまわりの人たちも、年末年始には実家に帰らない人が多い。ご近所の目があるので、帰ってこないで欲しいと親に言われているそうだ。

「夫の実家に行かなくて済むのはラッキーだけど、自分の親にも会えないのはつらい」

と友人は話していた。

都会ではSNS、田舎では「ご近所の目」というものが今盛んに機能している。これは相撲部屋のおかみさんから聞いたことであるが、相撲協会が自粛を口にしていた時のこと。弟子たちは決められたとおり、部屋から出ることはなかった。

「ちょっとコンビニに行こうものなら、スマホで撮られて、すぐアップされるんです。かわいそうですよね」

そう、そう、甲府で宴会をしたと先週書いたが、あれもほっとくと難クセをつけられそうである。用心深い私は、前もってお店の社長と相談し、テーブルをいくつかに分けた。そして真中にアクリル板を置いてもらっていたのである……と、言わずもがなのことをこう説明しておかないと、必ずねちねち言う人が出てくる今日この頃だ。

こんなつらい世の中、「自分さえよければ」と考えている人などほとんどいないと私は信じている。

みんないろいろなことを我慢し、工夫して毎日を生きているのである。それを密告し合ったりしたら、あまりにも悲しいではないか。不倫している人は、自分が知らない楽しい時間をすごしていると非難する。こんな時こそ、クリスマスや忘年会といったイベントが機能するのだが今年はそれも消えかかっている。

浪花のドラマ

最近の若い人はテレビを見ない。

ユーチューブで音楽やパフォーマンスを楽しむ、あるいはＮｅｔｆｌｉｘといった配信の番組を見る。

というわけで、テレビのお得意さんは我々中高年ということになるのだが、平気でこちらを小馬鹿にしたような番組ばかり作るから腹が立つ。

クイズ番組でも、さっさと答えを言えばいいのに、その前に必ずといっていいぐらいＣＭを入れる。これは今に始まったことではないが、最近はもっと手が込んでいて、

「この人は超有名人の家族です」

と、お母さん、お姉さんを出す。そしてヒントの数々。この間は詩吟をうなる子どもを連れてきて、

「その有名人のイメージを詩吟で表せ」

これを長々とやる。それから超人気者とか、すごいセレブとか、気をもたせることば

かり並べる。

どうせ大スターではないとわかっているのであるが、人間ここまで待たされるとどうしても知りたくなってくるではないか。他のことを始めようとしても、気になって仕方ない。

するとテレビの司会者は言う、

「この有名人は、次の番組の三番めのゲストで出ます」

それはないだろーと怒るが、テレビの前から離れられない。気がつくと二時間近く見てしまった。そしていよいよ登場したそのゲストは、

「ふざけんなー！」

というレベルの方であった。こういうことばかりすると、私らもテレビを見限るからね。

バラエティの堕落ぶりに比べれば、ドラマは頑張っていると思う。

今シーズンは、偶然にも私のよく知っている人たちが関係した作品が三つ揃った。

秋元康さん企画・原作の「共演NG」。

中園ミホさん脚本の「七人の秘書」。

柴門ふみさん原作の「恋する母たち」。

どれも大変な話題になった面白い作品であるが、一週間に三つのドラマを見るという

のは結構大変だ。録画をまとめて週末に見る。そう、日曜日には「危険なビーナス」も見なくてはならない。

このドラマ東野圭吾さん原作だし、さぞかし面白いだろうと楽しみにしていたのであるが、まあ、期待はずれであった。これほどいらつくドラマも珍しい。ストーリーにほとんど進展がなく、同じところを行ったり来たりしている。

ミステリーでこれはないだろうと思うのであるが、途中でやめられないのは、最後にすごいどんでん返しがあるだろうと信じているから。今、途中で見るのをやめたら、ずっと見続けていた私の時間が無駄になる。しかしこの原稿を書いている時点、最終回前でも、まだ犯人の見当がつかないのだ。もしネットの一部で推理されているように、〝いい人〟でずっと力になってくれていた叔母さん夫婦が犯人だったら本当に怒るからね。何の伏線もなく、最後の最後で、いちばん怪しくない人を犯人にするというのは、ミステリーとしてあってはならないことだ。が、ドラマは時々これをやるから不安である。

ところで朝ドラの「おちょやん」を見るたびに、自分がつくづく年をとったなあと感じる。なぜならこのドラマのモデルとなった女優の「浪花《なにわ》千栄子《ちえこ》さん」を、リアルタイムではっきりと見ているからだ。

六十歳以上の人なら、オロナイン軟膏のCMに出ていた浪花さんを憶えているに違いない。

きり傷、すり傷に効くと言った後、突然声のトーンを変え、

「痔にもよろしおましてな」

と微妙に微笑む。子どもの私は、なぜ含み笑いをするのか、痔とは何なのかまるでわからなかったが、そういうことだったのか。

浪花さんのこの広告は、ホーロー看板になり、由美かおるさん、水原弘さんのアース製薬のそれと共に、半世紀近く田舎の板塀に貼られていたものだ。

そして浪花さんといえば、一九六六年から六七年にかけて放映されたドラマ「横堀川」のお茶子頭、お政であろう。

「横堀川」は、小学生の私が熱愛したドラマだ。どのくらい好きだったかというと、テレビの前に座ると、いつもドキドキした。もし今、ここで地震が起こり、ドラマが見られなくなったらどうしようと考えると不安でたまらない気分になったのだ。

山崎豊子《やまさきとよこ》さんの小説「暖簾」と「花のれん」「ぼんち」が合体したものであるが、未だかつてあれほど夢中になったドラマはない。明治から昭和の大阪が出てくるのであるが、下町の昆布屋や道頓堀の芝居小屋といった舞台の魅力的なことといったら。

俳優さんが本当に素晴らしく、丁稚から成功していく昆布屋の主人が長門裕之さん、吉本興業の前身とおぼしき寄席の女主人となるのが南田洋子さんという豪華さ。いかに

も大阪の大旦那といった感じだった、十三代目片岡仁左衛門さん、甲斐性なしのいいとこのぼんぼんそのものの金田龍之介さん、そして女主人公の相棒のガマ口には、藤岡琢也さん。今考えても奇跡のようにぴったりの配役である。とてもドラマには見えない。私には生身の人間がそこに存在しているとしか思えなかった。

そしてお茶子頭として登場したのが浪花さんだったのである。襷《たすき》をかけ、くるくるとよく働く。そして時折見せる抜けめない表情。世の中のことをすべてわかっているような口ぶり。

「ほな、お伴《とも》させてもらいまひょか」

というセリフさえ、はっきりと記憶している。

朝ドラの「おちょやん」HPによると、浪花さんは芝居茶屋のお茶子から出発したという。なるほどぴったりだったはずだ。昔は戦前のにおいがぷんぷん伝わってくる役者さんがいた。あの素晴らしいドラマを見ることが出来て私は幸せだった。白黒の画面から、豊饒《ほうじょう》な色彩の物語が流れてきたのである。そして私に作家の種を蒔いてくれた。

エンタメとは

先週お話ししたと思う。TBSドラマ「危険なビーナス」の犯人は誰か。

こんなに人に気を持たせたドラマも珍しい。イライラしながら、それでも毎回見てしまった。「半沢直樹」で、日曜午後九時からのクセがついてしまったこともある。

とにかくストーリーが進展しない。こっちへ行くかと思ったら、あっちに戻る。

私は、

「伏線なしで、最終回いちばんいい人だった叔母さん夫婦が犯人だったら本当に怒るからね」

と前回書いたのであるが、皆さんご存知のとおり、犯人は叔父さんだった。

ネットの方々はとっくに気づいていたようで、

「小日向文世《こひなたふみよ》さんほどの俳優が、チョイ役のわけないから絶対に犯人だ」

という声があがっていた。

しかし俳優さんの格で、犯人が最初からわかるっていうのもどうなんだろうか。ここはキャスティングをする人にとっては、とてもむずかしいところではなかろうか。

さてコロナの陽性者は、日を追って増えていくばかりであるが、エンタメ界の方は少しずつ観客を入れるようになった。このままでは、すべての劇場がダメになるとわかったからに違いない。

先日は新国立劇場で、ヨハン・シュトラウスⅡ世の「こうもり」を聞き、心の底から感動した。何度も聞いているワルツの調べと歌が、体中の毛穴からしみ入ってくるようであった。主役級の歌手の方々も素晴らしく、

「特にテノールがよかったですよ」

と話したら、オペラ通の方からこんなことを。

「ハヤシさん、いまヨーロッパも、メトロポリタンも、オペラ劇場が閉鎖されています。今、歌うことができるのは東京しかないんです。だから歌手の人たちは、魂を込めて歌っているんです。舞台で歌える喜びをぶつけているんです」

それから私が来月観に行く「トスカ」は、

「出演する歌手は確かコロナ陽性になっていたはずで、しばらく歌えてなかったんです。ですからこの東京が久しぶりの舞台。だから素晴らしい『トスカ』が観られますよ」

本当に今から楽しみだ。

そのすぐ後には、新派の朗読劇に出かけた。これは公演が取りやめになった新派が、

ひとつの試みとして上演したもの。演出の石井ふく子先生、水谷八重子さん、波乃久里子さんというアフタートーク・セッションがとても豪華で面白かった。

女四人で見に行ったのだが、波乃さんが、九十歳過ぎた石井先生を「おねえちゃま」と呼ぶのが、なぜか、

「新派っぽくてステキ」

とツボに入ってしまったのである。そしてその後ホテルのバーで「おねえちゃま」を連発しながら飲んで楽しかった。

そして昨日は新作のミュージカル。

何日か前のこと。仲よしのジュンコさんからLINEがあった。

「マリコさん、三十年前私が編集者時代につくった漫画が、今度ミュージカルになります。ぜひ見てくれませんか」

なんとお相撲さんが主役だという。いったいどんなミュージカルなのか、想像も出来ない。

思い出してみると、確かこのミュージカル、別の俳優さんが主役のはずだった。それが不祥事があり、ジャニーズJr.に替わったような。

失礼ながら〝怖いもの見たさ〟で、明治座に向かった。客席はひとつ置きに座っていたが、ほぼ満席に近い。

主役はソップ型、つまり痩せ型のイケメンのお相撲さん。恋やいろいろな試練をへて、強い力士になるというもの。アンコ型役のお相撲さんは着ぐるみであるが、ほかの出演者はたいていまわしひとつ。筋肉質の人もいれば、かなりだらけた体型の人もいる。

私は若い男の子の裸を見て喜ぶ趣味はないけれど、まわしひとつの男の子がたくさん出てきて、歌い踊る舞台の面白く楽しいこと。いやーなことがすべて吹きとぶような爽快感があった。

ミュージカルの後、カレーを食べながらジュンコさんからこんな話を聞いた。

「重要な役の女性記者は、私を投影してるの。スポーツ雑誌社に入って野球をやりたかったのに、相撲担当にされ、くさってる女性記者のモデルは私よ。出版社に入った私は小説が好きで文芸をやりたかったのに、なぜかコミックにまわされたの。そしてコミック誌配属になったんだけど、その雑誌って、漫画の連載と若い女の子のグラビアが売りもの。私、そのグラビア見ながら、女だって綺麗な男の裸を見てもいいんじゃないかって思うようになったの。それがお相撲さんっていうテーマにつながったと思うわ」

そうかこのミュージカルは、フェミニズムから生まれたものだったのか。私は原作を読んでいないが、常に男より上位に立とうとする、ドSの芸能プロダクション社長も出てくる。まだ男尊女卑の組織であえいでいたジュンコさんの心の叫び、

「女だって男と同じようなことをしたい。女だからって、観賞される一方になるのはイ

ヤ」

　から出てきたのか。

「素晴らしいよ、ジュンコさん」

　私は思わずスプーンを握りしめた。

「あなたは編集者を早々にやめて、今は社長夫人におさまっているけど、三十年前の志が、こうしてミュージカルになって若い女の子がいっぱい見に来てる。いい話だよねー」

「これって、音楽もいいでしょ。Aさんも昨日見に来てくれて、よかったって」

　Aさんは音楽関係者である。そのAさんに今日会ったら、

「ああ、あのミュージカルね。ゲイの知り合いに、裸の若いコがいっぱい出てきて踊るよ、って教えたら、まあステキ、絶対に行くくって」

　かなり趣旨が違っているのではなかろうか。

番外編対談

「祝 ギネス記録！ 次は小説で世界進出を目指します」

阿川佐和子（エッセイスト・小説家）×林真理子

阿川 この度は菊池寛賞の受賞おめでとうございます！

林 本当にありがとうございます。

阿川 この対談のあとにある賞の贈呈式のために、素敵なお着物をお召しになって……。

林 天皇陛下の即位の礼で宮中にお招きいただいた時に着ていったものなんです。友人の奥谷禮子《おくたにれいこ》さんが新調しなさいって。別に買ってくださったわけじゃなくて、呉服屋さんに勝手に連絡入れてくれただけなんですけどね（笑）。

阿川 この二、三年お祝い事が続いてらっしゃいますよね。

林 二〇一八年には紫綬褒章も頂戴しましたし、今回の菊池寛賞と、嬉しいことが続きました。〇三年に、渡辺淳一さんが菊池寛賞を受賞された際に、「文藝春秋」誌に渡辺先生のご指名でお祝いの言葉を寄稿させていただきました。その時に、いつか私もこの賞をいただけるような作家になりたいと思ったので、念願が叶ってすごく嬉しいです。

阿川　おお～、初志貫徹。実はお祝いごとがもうひとつあって、この「週刊文春」のエッセイ連載がギネス世界記録に認定されました！　拍手！　パチパチパチパチ。

林　二年ぐらい前からかな？　そろそろ世界記録塗り替えますよ、と連載の担当者から話を聞いていました。

阿川　あれはどういう手順で認定されるんですか？　面倒臭いの？

林　時間と手間がかかったらしいです。私の戸籍謄本やパスポート、原稿料の支払い証明など様々な書類を提出しましたし、大手出版社の社長さん二人の証人が必要だなんて言われたり。担当編集はよく我慢して申請の手続きをしてくれましたよ。

阿川　でもテレビだと、審査員がその場で認定してなかったっけ？

林　ほんとほんと。24時間テレビだと、紙パンツを何枚穿いただとか、縄跳び何回跳んだとか、すぐに記録を認めてるじゃない！って思います。

阿川　世界一になるのも大変なのね（笑）。

林　でも、NHKのニュースで流してくれるし、新聞も報じてくれましたから、元はとれたのかなと思います（笑）。

阿川　このインタビューページが始まる前の四年間、畏れ多くも私は林さんのお隣でエッセイを連載してたんですが、あっという間にクビになった身からすると、三十七年間も連載しているなんて信じられない。

林　いやいや。そんなことありませんよ。でも、阿川さんはこの対談企画を始められてから、エッセイもどんどん達者になられてますよね。「婦人公論」の連載は面白く拝読してますよ。

阿川　ウソ！　嬉しい！

林　私たちの年代の女性ってついつい説教がましくなってしまうけど、そうはならないように気をつけながら、身の回りのことを書いて、お金をもらえるレベルにするのは、すごく大変だと思うんですよ。エラそうですが、阿川さんはそういう文章が書ける数少ない仲間の一人だと認識しています。

阿川　なんか泣いちゃいそう……。毎回書くことがなくて苦しんでますけどね。

林　プロだから仕方ないのよねえ。そうだ。こないだ面白い話を聞きましたよ。ある出版社の八十代の女社長いわく「佐藤愛子さんや下重暁子《しもじゅうあきこ》さんは、昔からうちで同じことを書いていたけど、近年すごく売れている。年取っておばあさんになったからよ。林さん六十代なんて中途半端だから、もうちょっと我慢しなさい」だって。

阿川　たしかに、我々はまだ中途半端な年頃かも（笑）。

林　なるほどなって思いましたよ。この歳でキャピキャピしたことは書けないし、お説教臭いことを言うのもまだ気が引けるし。実は私たちって難しい年代なのよ。

阿川　でも林さんは違うでしょう！　デビュー作の『ルンルンを買っておうちに帰ろう』を読み返しましたけど、あらためてすごいと思いましたよ。時代の先端をぶっ飛ばしてましたもんね。

林　まだコピーライターをやってる時でしたから、ずいぶん昔になっちゃいましたね。「熱中なんでもブック」という西友のPR誌を手伝っていたんですが、そこに出入りしていた編集者が書きなさいとすすめてくださった。あの頃は、本業を別に持っている人が本を出すような流行がありました。南伸坊さんや渡辺和博さんが切り拓いた道ね。

阿川　サブカルチャーの立場から文筆の世界に乗り込んできた感じですね。

林　それまでは裏方仕事だと思われていた人たちが表に出てきた、時代の転換点だったような気がします。マイナーなんだけどメジャー。「マイジャー」って言葉が流行りましたね。声をかけてくださった編集者も、糸井重里さんの女弟子ということで私のことを面白がってくださったみたい。でも怠け者だから、依頼をいただいても一年くらい放っておいてしまいました。

阿川　コピーライターとして評価されてた頃で忙しかったんでしょう？

林　東京コピーライターズクラブ賞新人賞をいただきましたけど、あれも師匠の糸井さんが推してくださったのが大きかったんじゃないかな。糸井の弟子なら一票入れるか、くらいの気持ちだったと思いますよ。

阿川　糸井さんからは目をかけられてたと聞いておりますが？

林　そんなこともないと思いますよ。最近糸井さんと対談した時に、はっきり言われました。当時から勤勉にも、頭が良さそうにも見えなかったって。『ルンルン〜』を出版した時にも、こんな下品なものを書くなんて、林は事務所出禁だとも言われたくらいなんですよ。

阿川　そうだったの⁉　麗しい師弟関係があるんだと思ってました。

林　ふふふ。それはここ数年の話。しばらく交流はありませんでした。

阿川　一年放っておいた『ルンルン〜』を書き上げたきっかけはなんだったんですか？

林　あんまり私が怠けているもんだから、そのうち編集者からサラ金の督促みたいな電話とか電報が来るようになったんです。どうしたら書くんだって相手が電話口で怒鳴るから、じゃあ当時の文化人御用達だった山の上ホテルにカンヅメさせてくれたら書く、って啖呵切っちゃったんです。

阿川　度胸あるなあ（笑）。

林　でもさ、これも奥谷さんの例じゃないけど、予約だけ取ってくれて、実費は私持ちだったんですよ。十日で二十四万くらい。忘れません（笑）。

阿川　自分で払ったの⁉　すっげ〜！　『ルンルン〜』にはバブル時代の女性の本音が書いてあるけれど、やっぱりそうとう華やかな生活を送ってらしたわけ？

林　そんなことありませんよ。当時の私はまだ、山梨から出てきた臆病な女の子でしたから。六本木に遊びに行くなんて怖くて怖くて。

阿川　どこが臆病なんだ？　かなり過激なこと書いてましたよ！

林　それはやっぱり、他人と同じことをしていたんじゃダメだと思ったからなんです。書く前に本屋さんに行って下調べをしたんですよ。当時売れていた二大女性エッセイストが、落合恵子さんと安井かずみさん。その二人と似たようなことを書いても売れっこないって分析済みでしたから。

阿川　セックスの最中、女が何を考えてるかなんて書いた作家は、それまでいなかったでしょう？

林　いなかったと思います。でも本を出した後はすごいバッシングでした。女の手の内を明かすような真似をしていやらしい、なんて言われちゃって。男よりまず女性たちに怒られましたよ。

阿川　その分、人気もすごかった。当時、銀座のギャラリーで織物展をやってたんだけど、窓の下を林真理子が歩いてる！　あのルンルンの！　って女性たちが大騒ぎしてたのを覚えてる！

林　そこそこ売れましたから（笑）。この勢いでテレビやCMにも出まくるし、紅白の審査員にもなりたいって周りに言っていたら、それも叶っちゃいましたね。事務所の電話が毎日鳴りっぱなしという時代でした。

阿川　有言実行の人なのねえ。

林　ただ、人気というものとは違ったと思うんです。だってテレビのレギュラーはすぐに打ち切られるし、週刊誌には見たくない顔なんていって叩かれるし。芸能人みたいな仕事をするのは、あんまり向いてないのかなって自分でも気づいてました。

阿川　小説を書き始められたのはいつ頃だったんですか？

林　『ルンルン〜』の直後に依頼していただきました。ここに現れるわけよ、見城《けんじょう》（徹）氏が。

阿川　出ました！　早くも（笑）。

林　第一印象はすっごく失礼な人だと思ったんですけど、あの引力はすごかった。時代もあったけど、毎日のように見城さんと楽しく遊んでいましたね。そして時折言うわけですよ。「きみはすごい、すごいよ。直木賞なんかすぐ取らせてやる。だから小説書け」って。

阿川　ヒェ〜。それはドキドキしますね。

林　後でいろんな人に同じようなことを言ってたのが発覚するんですけどね（笑）。それでも最初に書いた短篇『星影のステラ』が直木賞候補になって、イケるじゃん私、って思ったのも事実。

阿川　失礼ながら初期作の『葡萄《ぶどう》が目にしみる』をいまさら拝読しまして。感動しちゃった！

林　ホント？　それは嬉しい。あの作品も見城さんに書かされたものなんです。文春のエッセイにもたまに出てくる、ラグビー界のスターの藤原優《まさる》さんに憧れていた高校の時の自分を書けって言われて。

阿川　山梨の地元にいらっしゃる時は、本屋さんのお嬢さんで、もともと読書がお好きだったんですよね。

林　お嬢さんじゃなくて、ただの娘でしたけどね。本に囲まれた環境で、母自身が物書きになりたいと思っていたような家で育ちました。母は進取の気性に富んだ、前向きな人で、私の人生は特に母から受けた影響が大きいです。

阿川　お父様は？

林　父は怠け者でとてもだらしない性格でしたよ。知人に「林さんって、勤勉で努力家かと思えば、ホラ吹きでだらしない時があってずっと不思議だった。でも、ご両親を知って、そのわけが分かった」って。

阿川　アッハッハ。ご両親の性格が交互に出てくるのね（笑）。

林　若い頃はもっぱら父の遺伝子ばかり前面に出ちゃって、勉強しないわ、ぼーっとしてるわだったけど、物を書き始めてからは母の遺伝子もちゃんと出てくるようになった気がしますね。

阿川　郷土愛もお強いですよね。

林　それはありますね。山梨県のワイン県副知事という役職も拝命しておりますし。山梨は盆地で、夏は死ぬほど暑くて、冬は死ぬほど寒い。それでも山の向こうには東京がある。山を越えて夢を叶えるぞって気持ちの人が多いと思うんです。我慢強いし、ヤマっ気もある。

阿川　林さんはしっかり山梨県人なんですね。実際、エッセイを書けば売れる、小説を書けば評価されるで次々に夢を叶えてきた。当時は男遊びもさぞかし……？

林　そんなのしていませんよ。そんな噂があります？

阿川　『ルンルン～』はまさにそういう話だし、不倫ブームを起こした『不機嫌な果実』なんか読むと、経験豊富なのね、って思いましたよ。

林　それは世間の人の誤解！　だって当時は十年くらい付き合ってた人がいたもの。

阿川　山梨時代からの人？

林　じゃあ言葉を選んで話しますが（笑）、女の物書きって、男性編集者とどうにかなる人って多いじゃない？

阿川　やっぱりそうなの？　噂には聞くけど。

林　私は一切ない。一切ないんだけど、唯一編集者との関係は、当時お付き合いしていた「宣伝会議」に勤めていた人だけ。メジャーな雑誌じゃなくて、業界誌の方がお相手だっていうのがシブいエピソードでしょう。

阿川　おっ、シブいけど大告白！

林　だから自分自身でたくさん経験したというわけじゃないんです。ただ、小説で書く場合に、そういう事を教えてくれる友人が何人かいるってだけなんですよ。特に男の人の生理的な部分はどうしてもわからないから、ＬＩＮＥなんかで教えてもらわないといけない。そういう時に不思議に思うのは、なんで男って話題がそっち系だとあんなに得意になって話すんでしょうね。

阿川　そうか。あれは取材力のなせる業だったのか。

林　私にも「聞く力」があるのかもしれない（笑）。

阿川　やめて下さいよ。林さんだって「週刊朝日」で対談連載やってらっしゃるじゃない。いま、連載は何本持ってらっしゃるんですか？

林　ついこの間まで「週刊新潮」で小説、そして今は「文藝春秋」で小説、「ａｎａｎ」で三十五年くらいやってるエッセイ、ｗｅｂで『風と共に去りぬ』の超訳、「ＳＴＯＲＹ」でもエッセイを書いていますね。

阿川　プラス「週刊文春」のエッセイでしょ。あと、日本文藝家協会の理事長をなさって、文学賞の選考委員もたくさん！　いくつ？

林　（指を折りながら）直木賞、柴田錬三郎賞、吉川英治文学賞、山田風太郎賞、中央公論文芸賞、島清恋愛文学賞、田辺聖子文学館ジュニア文学賞。

阿川　信じらんない。候補作品を何冊も読まなきゃならないでしょうに。

林　大変ですよ～。文学賞の選考は上下巻なんていうのも少なくないから、もう二宮金次郎状態で本を読んでます。連載も、ちょっと整理したいと思うけどなかなか止められないし。

阿川　一日に〆切が二つ三つ重なるようなこともある？

林　朝から秘書のハタケヤマに書け書けって急き立てられてますよ。でも〆切ギリギリまでには書けちゃう。

阿川　伝説を聞いております。

林　尾ひれがどんどんついてるみたい。文学賞のパーティー会場で、〆切を待ってる編集者に、会場の柱に向かって書いた原稿を渡したとか。東京駅から乗り込んだ新幹線の車中で書いて、新横浜駅で編集者に原稿を渡したとか。

阿川　本当なんですか？

林　そんなの嘘ですよ（笑）。パーティー会場では別室を借りてちゃんと机に向かって書きましたし、新幹線は名古屋駅で原稿を渡したはず。

阿川　ほとんど事実じゃない。なんでそんなにエネルギーがあるの？

林　どうしてそんなに働くの？ってよく聞かれるんですけど、やっぱり次に書くものが自分にとっての代表作になるんじゃないか、という期待がいつもあるんですよね。ありがたいことに、先日まで故郷の山梨県立文学館で「まるごと林真理子展」という展覧会をやっていただきました。会場にこれまで自分が出してきた本を並べていただいたんですが、「これは売れなかった」って思う作品ばかりで、私がいま死んだら何も残らないと思ったんです。

阿川　そんなわけないだろうが!!　『ルンルン〜』はあるし、『不機嫌な果実』はヒットしたし、『葡萄が目にしみる』は傑作だし、『ミカドの淑女《おんな》』や『白蓮れんれん』も力作だし！

林　作家は死んだ次の年から、本屋の棚から消えていくと瀬戸内寂聴先生が仰っていました。私のもので残るのは『源氏物語』の現代語訳だけね、とも。いま、本屋さんの棚を眺めるとつくづくそう思わされますよ。亡くなった後もずっと読み継がれている女性作家は、向田邦子さんと山崎豊子さんくらい。

阿川　じゃあまだまだ書き続けたい？

林　野心はありますよ。小説で世界に進出したいと思っています。英訳やイタリア語訳の作品が少しありますが、小川洋子さんや柳美里《ゆうみり》さんみたいに、海外でカッコいい評価をされてみたいなあと憧れますね。

阿川 それだけたくさんの仕事をしながら、主婦もお母さんもちゃんとやってるんだからねえ。

林 でもね、私、家でかわいそうなんですよ。

阿川 どうして？

林 このコロナで出かけられなかったせいもあるけど、私がぼけーっとテレビ見てると夫が言うんですよ。「たまには本でも読め」って。

阿川 なにそれ（笑）。でも基本的には林さんに理解がおありなんでしょ？

林 そんなことない。理解なんてありませんよ。だって私、毎朝「おはよう」って夫に声をかけても返事すらしてもらえないもん。きっと私が前の晩に会食や仕事で遅く帰ってきたことに腹を立ててるから挨拶も返さないのよ。平日はずっとそんな不機嫌な感じ。土日は私も出かけませんから、一緒に食事をして、怒りが和らいだのかと思ったら、また月曜からご立腹。

阿川 そばにいて欲しいんですよ。

林 娘もひどいのよ。お母さんが「おはよう」って言ったら「おはよう」くらい返しなさい。挨拶は人間の基本でしょ！　って叱ったら「耳の遠いばあさんに言っても聞こえないんだよ」だって。もう私、本当にかわいそう。

阿川 山梨県人はひたすら耐える！

林 昔は、娘にそんな口の利き方されたら頭にきて説教してたけど、今となっては別にいいやという気分ですよ。

阿川 まあ、お友達付き合いが多すぎるからなあ……。

林 エッセイには書いていますね。それから皆さんあまりご存知ないかも知れないけど、これでもママ友付き合いをちゃんとやってきてたんですよ。

阿川 お嬢さんの学校の？

林 そう。先輩ママに「東郷さんコーヒー買ってきて」なんて言われると「はいっ」て返事してスタバに走って、グループの人数分十五杯くらい買ったりしてた。

阿川 アッハッハ、パシリですか⁉ でもなんで？

林 だってヒエラルキーがあるもの。また私が杜撰《ずさん》な人間なものだから、買ってきたコーヒーの数が足りなかったりするの。「東郷さん足りないわよ」と言われて「すみません」と平謝り。チャリティバザーのために朝からちくちく縫物もしましたね。ここでもズボラな父の遺伝子が出てきて、ぬいぐるみの足の数が足りなかったりしてね。

阿川 それ、小説に書いたら？

林 柴門ふみさんからいただいたアドバイスで、学校のママ友話を作品にするには十年は寝かせてからにしなさいって。だからまだまだ書けません。「東郷さん、作家だからこういう縫物なんかするのをバカバカしいと思ってらっしゃるんでしょう?」「いえ! そんなことありません。物書き以外の仕事ができるなんて夢のようです」なんてどぎついやりとりもしっかり自分の中に溜め込んでいます(笑)。

阿川 さすが! 本当にあらゆることを経験しちゃってますね。なにより原稿書くのが速いのは羨ましい。

林 大丈夫。まだ私たち中途半端な歳なんだから。もう少し我慢すれば、いろんな事を許してもらえるはずよ(笑)。

(「週刊文春」二〇二一年一月十四日号)

特別対談

「眞子さまの恋『皇室結婚史』から考える」

小田部雄次（歴史学者・静岡福祉大学名誉教授）×林真理子

「李王家の縁談」連載完結記念対談を再録！

いつの時代も高貴な方々の結婚は大変なようで――

林　ご無沙汰しています。今回はＺｏｏｍですが、小田部先生には連載が始まる前お目にかかり、小説の題材となった梨本宮《なしもとのみや》伊都子《いつこ》妃を中心にいろいろ教えていただきました。

小田部　「李王家の縁談」（単行本『李王家の縁談』二〇二一年十一月刊）の連載も、とうとう最終回を迎えられたのですね。一年四か月もの間、おつかれさまでした。毎号とても興味深く拝読していました。私は歴史学者として皇室を中心に長く近現代史を研究していますが、研究者というのは動物でいうところの骨格や化石だけを調べるんです。

でも林先生の小説を拝読していると、作家の仕事は、その骨格や化石をもとにまだ明らかになっていない部分まで想像力で肉付けしていく、要は、一つの動物を作り上げることなんだと感じました。

林　ありがとうございます。昨夜かなりぎりぎりで最終回を書き終えたばかりで、ひとまずほっとしています（笑）。先生のご著書『梨本宮伊都子妃の日記』がなければ、とてもこの小説は書けませんでした。

小田部　こちらこそ使っていただいてありがとうございます。伊都子は七十七年と六か月もの間、ほとんど毎日欠かさず書き留めていますから面白いですよね。今でいう〝書き魔〟だったのでしょうが（笑）、日本が日露戦争や第一次世界大戦を経て強国となり、日中戦争、太平洋戦争等を経験、一転敗戦国として復興へと歩む様子を、華族、皇族、そして一市民となった立場から記録し続けているんです。明治、大正、昭和と三代にわたる皇室を最も近くで見てきた者の生の声という、非常に貴重な資料です。

林真理子氏による本誌（月刊「文藝春秋」）連載小説「李王家の縁談」が今号（二〇二一年四月号）で最終回を迎えた。

明治時代に旧佐賀藩藩主、鍋島直大《なおひろ》の娘として生まれ、十九歳で梨本宮家に嫁いだ伊都子。皇族となり二人の娘を儲けると、長女を朝鮮王家に、次女を伯爵家に嫁がせるなど家柄を重んじた縁談を次々に進め国に尽くした。物語は、彼女の日記を紐解きながら描かれる。

小田部　これまで、伊都子の長女方子《まさこ》なら方子、姪で皇室に嫁いだ勢津子《せつこ》なら勢津子というように一つ一つの結婚が描かれることはありました。けれど、それを伊都子という一人の女性の視点を通して結び付け、皇族の結婚をめぐる一つの物語にしているのが「李王家の縁談」の新鮮なところですよね。

林　ありがとうございます。伊都子は侯爵家に生まれ皇族に嫁ぎましたが、自らの立場への意識が人一倍強いですよね。

小田部　彼女の日記を読んでいて面白いのが、結婚後の両親の呼び方。それまでは「御両親様」と書いているのですが、結婚してからは「直大様」、「鍋島御夫妻」と書くようになる。実の両親を、ですよ。娘といえど、皇族に嫁いだ自分の方が身分が上だという意識があるんでしょう。いろいろ思い悩んだのか、すぐに、「御両親様」に戻っているのですが（笑）。皇族としての強い自覚がうかがえます。

林　私たちなんて「下々の者」とか言われそう（笑）。

小田部　私は、日記を研究していることを知った知り合いに「もし伊都子さんが生きていて日記を読まれていると知ったら、『この無礼者』と叱られただろうね」と言われてしまいました。彼女の生きた明治から昭和にかけては特に、地位や身分という意識をしっかり持たされたのでしょうね。

正田美智子という衝撃

林　日記を読んでいると伊都子って本当に面白い。空襲で家が焼けたとき、近くの娘の家に行くと安心してぐっすり眠れた、なんて書いてありましたが、いかにも皇族妃らしい。家なんて焼けてもまた誰かが建ててくれる、って思ってるんですよね。

小田部　そうそう。鷹揚というか育ちが良すぎたというか。その一方、医学の知識が豊富で、外国も訪れていたし合理的なものの見方もできて、時代が時代なら医者になっていたかもしれません。

林　お友達にはなれないでしょうけど、非常に面白い方ですね。彼女の日記の中でなんといっても印象的なのは正田美智子さんの婚約内定エピソード。戦後、皇族の立場を奪われ一市民となった伊都子がテレビをつけると、見たこともない美しい女性が映っている。御両親と婚約発表会見に臨む姿に、伊都子はものすごく憤慨するんですよね。

小田部　日記の中でも一時的に自分の両親を名前で呼ぶほどに皇族としての立場を大切にしてきた伊都子にとっては、皇族どころか華族の出身ですらない一女性が皇室に入ることなど理解できなかったのでしょう。美智子さまは、皇族が代々学ばれた学習院のご出身でもありませんし。家柄を重視する縁談に奔走してきた彼女にとって、今の上皇さま、上皇后さま（美智子さま）のご結婚は受け入れがたかったのだろうと思います。

林　特に長女を李王家に嫁がせたことは、政略結婚の意味合いも強いですものね。ある意味自分の娘を犠牲にしてまで〝縁談おばさん〟として国のために尽くしてきた伊都子からしたら、軽井沢でテニスをする姿を見初めたなどという馴れ初めは、とても信じられないでしょう。

小田部　戦前は、皇后になれる人の身分が法律で決められていたくらい。このお二人の結婚を機に、皇室における自由恋愛の雰囲気が生まれたなんて言われていますね。

どこか欠けた結婚観

林　その後、秋篠宮殿下と紀子さま、天皇陛下と雅子さまと自由恋愛の風潮が続きますが、驚いたのが眞子さまと小室圭さん。二〇一七年に婚約が報道されたときには世の中が祝福ムードに包まれましたが、数か月後、小室さんの母親の借金問題が明らかになると一気に非難されるようになりましたよね。私もはじめは、「お二人がそんなに愛し合っているのなら許してあげたら」という感じでしたが、だんだんと「よくもまあひっかき回してくれて」なんて思うようになりました。圭くんの登場で、私たちの皇室観はすっかり変わってしまったような気がします。

小田部　ある意味、われわれ平民と皇室がボーダーレスでつながってしまったというのがショックだったのでしょうね。美智子さまを境にいくら自由恋愛的な風潮になってきたとはいえ、本当の〝自由〟ではありません。相手のご家庭が調査されたり、皇族のお知り合いだったり、家柄は保証されていましたから。

林　正田家なんて文化勲章受章者も出していて、お家柄も非の打ちどころがありませんものね。

小田部　爵位こそありませんが戦前から代々の実業家で、戦後は財産を失った旧華族などよりよっぽどお金持ちだったと思いますし、上流の家柄であったことは間違いない。いわゆる平民ではありません。僕なんか、美智子さまの子どものときの映像が残っていることに驚きましたよ。

林　ブランコかなにかに乗っていらっしゃる。

小田部　そうそう。あの時代、ふつうの家庭にはビデオなんてありませんからね。一部の上流階級の家庭でないと持っていませんよ。

林　それから、マントルピースの前で写した正田家の有名な記念写真がありますね。あれなんてもう華族を通り越して皇族といってもいいくらいの気品と貫禄があります。

小田部　確かにそうですね。結婚は「両性の合意のみに基いて成立し」とたしかに憲法には書いてあります。とはいえ両家あってのものだから、家柄の問題は捨てきれない。

皇室は特にその意味合いが強いのに、自由、自由と言われるうちにそこがすっぽり抜け落ちて、どこか欠けた結婚観が広まってしまったと思うんです。美智子さまの場合は一平民が皇室に入ったのではなく、それなりの社会的地位と資産を持つ家の令嬢が入られた。そこはやはり格差婚とはちがうということをわかっていなければいけませんね。

横断歩道でプロポーズ

林　圭くんの場合、そもそもＩＣＵ（国際基督教大学）というのがすべての原因なんじゃないかな。

小田部　というのは？

林　よくママ友とも話すんですが、インターナショナルスクールからＩＣＵなんて一番お金がかかるコースじゃないですか。四百万円の借金が問題になっていますけど、経済的に余裕がないなら普通の公立高校から国立大学に行かせればいいんじゃないの、と。ちょっと背伸びしすぎている印象です。

小田部　そうですね、そこが今回ネックになっている気がします。つまり、上昇志向は誰しも持っていて否定することではないけれど、背伸びして仲間入りしようとした先が皇室だった。いくらなんでもそこまでは無理なんじゃない、という見方がまだ日本社会にはあるんでしょう。

林　圭くんといえば、もう一人のケイくんがいるじゃないですか。高円宮家の絢子さまとご結婚された守谷慧さん。彼なんかは家柄も学歴も勤め先も申し分なく、理想的なお相手ですよね。昔はああいう方たちが皇族の周りにはたくさんいたんでしょうけど。

小田部　秋篠宮家は恋愛結婚のお二人でしたから、家庭内では特にそれを認める雰囲気が強いのかもしれません。

林　秋篠宮殿下は横断歩道でプロポーズなさったという話がありましたけども。

小田部　ある意味、先を行き過ぎてしまったのかな。自由過ぎたというか。結婚は相思相愛が一番ではあるのですが、まだ「家」という考え方は残っています。皇室であればなおさらです。相思相愛の自由恋愛とはいっても、秋篠宮殿下の場合お相手が学習院の教授のお嬢様だとみんなわかっていた。経済的にどうこうというよりも、社会的にまっとうな生き方をしているかどうかが評価されるんだと思いますけどね。

「圭くん、しわい」

林　私の生まれた山梨には「しわい」という方言があるんです。強情とか小生意気とかそういう意味なんですけど。私からするともう、圭くん、しわいな。なんでご辞退しないんだろう。

小田部　いや、辞退はしにくいでしょう。内親王のラブコールを断ったなんてことになったらそれこそ袋叩きですよ。

林　そうか、たしかに。じゃあ眞子さまが「辞めます」っておっしゃればいいんですね。

小田部　言えとは言えませんが、そうしない限りは収まりがつかないですよね。眞子さまに気づいていただくしか道がない。小室さんはもう身動きできないでしょう。

林　先生は同情的ですね。今頃きっとお二人も、先生と私のようにＺｏｏｍやスカイプでつながってますよ。「眞子、愛してるよ。僕は絶対別れない。だってこんなに愛してるんだもん」「圭。やだ、うれしい」とかね。

小田部　どうでしょう（笑）。林先生はいろいろドラマも書かれますからよくご存じだと思いますが、結局そういうのは一生は続きませんからね。どこかで絶対さめてしまう。

林　それはそうですね。

小田部　僕は、そこまで言うならもう皇室の特権もなにも全部捨てて、お二人で好きなように暮らすべきだと思うんです。

林　つまり、一平民として。

小田部　そう。皇族の一時金も特権も欲しい、それでいて小室さんと一緒になりたいというところに国民は疑問を感じているわけです。もしお二人が本当の純愛なのであれば、〝皇族〟という立場とそれに付随するいろいろな特権を捨て、「二人で苦労しながら生きていきます」と言えばいい。そうすれば拍手する人も増えるんじゃないですか。

林　今のままでは国費を当てにした結婚に見えてしまいますからね。

小田部　「それ、純愛なの?」というのにわれわれ庶民は敏感です。純愛を貫くなら皇室を捨ててでも貫く、皇族として生きていくなら、もっと毅然と、大局的に結婚というものを見る。この二択しかないのではないでしょうか。

内親王のアイドル化

林　圭くんの一件からたまにSNSなんか見ると、眞子さまや佳子さまに対して人間性を否定するひどい書き込みがあったりします。もしウチの娘がこんなこと書かれたらほんとに訴えてやる、という汚らしい罵詈雑言がずらずら並んでいますが、国民が当たり前に皇室を敬う時代は終わってしまったんでしょうか。

小田部　僕は秋篠宮家の内親王お二人の場合、ある種のブームの反動だと思うんです。

林　ブームですか?

小田部　そう。「眞子さま萌え」「佳子さま萌え」というのが一時ありましたよね。

林　ありました。お二人ともお可愛らしくて本当に素敵だったので、インターネットなどでアイドルのようにもてはやされました。

小田部　まさにそれ、アイドル化。昨今の批判の一部は、その裏返しじゃないかと思っています。たとえばアイドルが自分たちの嫌いな男と付き合ったり結婚したら、絶対攻撃しますよね？　それまでそのアイドルのことが好きであればあるほど反動で敵視するようになる。

林　雑誌のグラビアを飾りそうな美貌と親しみやすさですから、アイドルと同一視されてもおかしくないですね。

小田部　そうそう。とはいえ、一九五〇年代のミッチーブームなんかとも騒ぎ方が違います。ネット社会になってから、特に若い男の子たちがそれこそAKB48でも追っかけるように国のプリンセスを追いかけるようになりました。そもそも今のアイドルって昔の女優などと違い、会いに行ける、握手できるという身近さが売りになることが多いじゃないですか。知らず知らずのうちにファンはアイドルを友だちくらいの感覚で見ているけれど、実はその距離はそんなに近くないんです。同じように、国民と皇室が一見近づきすぎたために、何かあったときの反発は大きくなる。ある程度の距離はお互いあってしかるべきだったんですけど、忘れてしまったのかなという感じです。

林　距離感といえば、絶妙なのが愛子さまかな。ちょっと近づきがたいオーラを放っていらっしゃるじゃないですか、勉強もできて人柄もよくて。子供を学習院に通わせている知り合いによれば、ものすごくみんなの尊敬を集めてらっしゃるって。

小田部　そうですね。やはり象徴たるものオーラとカリスマ性が必要です。われわれと同じかちょっと上くらいでは、なかなか仰ぎにくい。そういう意味では、学習院女子高等科時代からダンスをされていた佳子さまも、あまりに一般の人々とお近づきになりすぎてしまって、「なんだ、俺たちと変わらないじゃないか」と思われたのでしょう。同じ踊りでも日本舞踊くらい、「私たちじゃできないよね」という上流感がないと。

林　私も昔日舞を習っていて、名取ですよ（笑）。昔の下町の子なんて割とやっていたんじゃないでしょうか。能のお仕舞とかの方が上流っぽいかも。

小田部　なるほど。上流の伝統文化というか、簡単に手が届かないものがいいですね。もちろん皇室と国民との距離が近い方がいい場合もあるんですが、同じでいいという誤解を受けてしまうのはよくない。「皇族はわれわれとはちがう」という距離は必要だと思います。

林　上皇さまが天皇でいらっしゃるとき、ご一家でクラシックの合奏をされていたじゃないですか。あれなんかは気品に溢れていて、庶民からすると「ひ、ひえぇ」という感じでした。

皇室の理想的な結婚とは

林　愛子さまのお話も出ましたが、私たちが皇族の結婚をあれこれ言うのって、お世継ぎの問題に深く関わってくるからじゃないですか。

小田部　それが大きいですね。僕はもっと早く女性天皇を認めておけばよかったと思います。眞子さまが婚約なさる前に決めておけばもっと安定したと思いますが、こうなるともう愛子さま頼みですよね。

林　本当に。私たちの希望の星です。悠仁さまのもとへお嫁さんがくるのか、さらには男の子が生まれるのか心配事は絶えませんが、皇室の理想的な結婚ってなんでしょう。

小田部　眞子さまのことでわれわれは敏感になりすぎていますが、本来はご本人同士が思い合っているのが一番ですよね。それから、経済的に安定していて社会的にも信頼されている家がいいと思います。皇室の結婚においては、やはりある程度事前に調査をし、候補を挙げて自然に会う回数を重ねていって……ということを、周りが配慮した方がいいでしょう。今の上皇陛下も天皇陛下もそうでした。

林　慧さんなんかそうですけど、そういう家の方はきちんといますからね。商社勤務とか学者さんとかもいいかも。ね、先生？

小田部　学者、いいんじゃないでしょうか（笑）。あまり政治に絡まない分野ですし。

林　長く仲人おばさんをやってきた私としては、そういう中から容姿端麗の方とちょっとお見合いさせれば、まあそんなに外すこともないと思うんですけど。

幸せな結婚なんてない

小田部　幸せな結婚って、本当に難しい。
林　庶民だって、幸せな結婚なんてないですからね（笑）。
小田部　そうそう。長く一緒にいると、ときに嫌になります（笑）。だから本当に大切なのは、「この人となら手鍋さげても一生ともに苦労できる」という人と一緒になることなんじゃないでしょうか。恰好いいから、金があるからって結婚すると飽きちゃう。特に皇族はちょっとやそっとのことでは離婚できませんから、慎重に事を進めないと。
林　「李王家の縁談」の構想は五年前くらいからありましたが、奇しくも今の皇室問題を予言するかのようなものになりました。今の皇室に伊都子のような〝縁談おばさん〟がいればなぁ。
小田部　のちのちの皇室の安定を考えると、佳子さま、愛子さま、悠仁さまのときは、後になって困ったと言わないぐらいには相手を知ってから婚約を認めたほうがいいでしょう。眞子さまの場合は、少しそれが早すぎたという気がしますね……。

（初出：「文藝春秋」二〇二一年四月号）

初出「週刊文春」二〇二〇年一月一六日号〜二〇二一年一月一四日号

単行本　二〇二一年三月　文藝春秋刊

文春文庫

Go To《ゴー トウー》 マリコ

定価はカバーに
表示してあります

2023年3月10日　第1刷

著者　林《はやし》　真《ま》理《り》子《こ》
発行者　大沼貴之
発行所　株式会社 文藝春秋

東京都千代田区紀尾井町 3-23　〒102-8008
TEL 03・3265・1211㈹
文藝春秋ホームページ　http://www.bunshun.co.jp

落丁、乱丁本は、お手数ですが小社製作部宛お送り下さい。送料小社負担でお取替致します。

印刷製本・凸版印刷

Printed in Japan
ISBN978-4-16-792013-5